Phantastische Erzählungen

Jacqueline Montemurri

Phantastische Erzählungen

Wenn der Schuss am Kilimandscharo erfolgreich gewesen wäre …

Wenn der Schuss am Kilimandscharo erfolgreich gewesen wäre …
Phantastische Erzählungen
© 2024 Jacqueline Montemurri

Die automatisierte Analyse des Werkes, um daraus
Informationen insbesondere über Muster, Trends und
Korrelationen gemäß §44b UrhG („Text und Data Mining«)
zu gewinnen, ist untersagt.

Covergestaltung:
Jacqueline Montemurri unter Verwendung von:
depositphotos_190819332-air-balloon-in-storm by SergeyNivens
Innenillustrationen: KI-generiert
Lektorat: das/der jeweils erstveröffentlichende Magazin/Verlag

Bibliografische Information der Deutschen Nationalbibliothek:
Die Deutsche Nationalbibliothek verzeichnet diese Publikation in der
Deutschen Nationalbibliografie; detaillierte bibliografische Daten
sind im Internet über http://dnb.dnb.de abrufbar.

Verlag: BoD · Books on Demand GmbH, In de Tarpen 42,
22848 Norderstedt, bod@bod.de
Druck: Libri Plureos GmbH, Friedensallee 273,
22763 Hamburg
ISBN: 978-3-7693-2001-5

INHALT

VORWORT

Die Fantasie kennt keine Grenzen. Vierzehn phantastische Kurzgeschichten entführen in unterschiedliche Universen, die unserem gar nicht so unähnlich sind. Manchmal ist der Unterschied nur ein Hauch von Magie oder die Möglichkeit, etwas ungeschehen machen zu können. In anderen jedoch begegnen wir phantastischen Wesen wie Drachen, Einhörnern, Vampiren oder unheimlichen Schatten. Die Geschichten führen uns quer über den Erdball von den Wäldern Sachsens, durch die Wüsten des Orients, hinauf in die Lüfte über dem tosenden Ozean bis tief in den Mikrokosmos in eine unbekannte Welt voller Abenteuer.

Lass dich überraschen.

Ich wünsche viel Spaß beim Lesen.

Die Geschichte wurde 2020 für die
Phantastische Miniatur *Jules 2020*
geschrieben und ist eine etwas
andere Version Jules Vernes Story
Der Schuss am Kilimandscharo.

Die Phantastischen Miniaturen
sind kleine Kurzgeschichtenbände,
herausgegeben von Thomas LeBlanc,
deren einzelne Geschichten
jeweils aus ca. 750 Wörtern bestehen.
Sie erscheinen mehrmals im Jahr
zu immer wieder neuen, verrückten Themen
und können über die
Phantastische Bibliothek Wetzlar
bezogen werden.

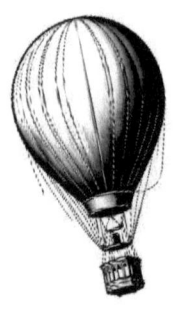

WENN DER SCHUSS AM KILIMANDSCHARO ERFOLGREICH GEWESEN WÄRE...

Sansibar, 23. September, 7 Uhr 25 Minuten morgens.
»An den Staatsminister John S. Wright.
Schuss gestern Nacht genau um zwölf Uhr
abgefeuert aus dem in den südlichen Ausläufer des
Kilimandscharo angelegten Rohre. Projektil mit
entsetzlichem Pfeifen vorübergejagt. Furchtbare
Detonation. Provinz durch Windhose zerstört.
Meer aufgewühlt bis zum Kanal von Mosambik.
Zahlreiche Schiffe gescheitert und an die Küste
geworfen. Flecken und Dörfer vernichtet.
Sonst geht alles gut.
Richard W. Trust.«

(Aus *Der Schuss am Kilimandscharo* oder
Kein Durcheinander von Jules Verne, 1889)

»Seht Ihr? Meine Berechnungen waren korrekt. Nur dauerte es gewisse Zeit, bis sich die Masse der Erde in die richtige Richtung bewegte, damit sich die Erdachse senkrecht stellt.« J.T. Maston blickte stolz in das tosende Wasser unter sich. Die Wogen brachen sich an Küsten, die vor wenigen Tagen noch Binnenland gewesen waren. Der heftige Wind und die bebende Erde bäumten gewaltige Wellen auf.

»Ja, leider. Die Welt versinkt im Chaos und Ihr, Mister Maston, seid dafür verantwortlich«, antwortete der ehemalige Kriegsreporter Gedeon Spilett. Kopfschüttelnd und betrübt blickte er hinab. Seine Hand auf dem Rand des Korbes ballte sich zur Faust.

Bedrohliche Wolken türmten sich über dem Gefährt der Aeronauten. Der Ingenieur Cyrus Smith zog an einer Leine. Gas entwich der Hülle des Ballons, wodurch das Luftgefährt ein wenig an Höhe verlor und den Abstand zu den stürmischen Luftschichten vergrößerte, aber jenen zur tosenden See verringerte. Unter ihnen tobte der New Atlantik, der seit der Abschmelze der Polkappen einen beträchtlichen Teil der einstigen Landmassen verschlungen hatte. Teile Afrikas mussten dort irgendwo gewesen sein, bevor J.T. Maston mit seinem absurden Plan, die Erdachse zu verlagern, die Polkappen zum Schmelzen brachte, um an die Kohlevorräte unter dem Eis zu gelangen.

»Ihr müsst das rückgängig machen!« Spilett packte Maston vorn am Hemd.

»Nicht so hitzig, Mister Spilett. Was regt Ihr Euch so auf? Das ist Wissenschaft! Das ist Fortschritt!«

Cyrus Smith drehte sich zu den Beiden um. »Wollt Ihr Fortschritt um jeden Preis?«

»Gerade Ihr als Ingenieur müsstet das doch verstehen, Mister Smith.«

»Wer soll sich an Eurem Fortschritt erfreuen, wer an Euren technischen Errungenschaften?« Smith wies anklagend mit ausgestrecktem Arm in die Ferne. »Es wird niemand mehr da sein.« Der Sturm packte sich die Worte und riss sie mit sich in den wütenden Äther.

»Ihr übertreibt. Nicht jeder Teil der Welt wird von den Katastrophen heimgesucht.« J.T. Maston grinste. »Amerika bleibt weitestgehend verschont.«

»Was wollt Ihr damit sagen? Die Welt ist unwichtig? Amerika first?« Gedeon Spilett schüttelte ungläubig den Kopf.

»Amerika first. Das habt Ihr schön gesagt.« Maston lachte.

Spiletts Herz tobte, ebenso unter ihnen das Meer, über ihnen fegten stetig verändernde Wolkenformationen dahin. Nirgends war Land zu sehen. Blitze zuckten aus dem Cumulo-Nimbus, einem dunkel drohenden Wolkenberge voraus. Die drei hielten jedoch Ausschau nach einem anderen Berg, jenem Gipfel an dessen Fuß Präsident Barbicane des Gun-Clubs und Capitän Nicholl die von J.T. Maston konstruierte Kanone erbaut und abgeschossen hatten, um die Erdachse zu verschieben.

»Sie müssen Ihr Werk rückgängig machen! Nur aus diesem Grund haben wir Sie aus Baltimore entführt und dem Lynchmob entrissen, Maston!«

»Dafür habt Ihr meinen Dank, Mister Spilett. Doch wüsste ich nicht, wie ich die Erde wieder in ihre Ausgangssituation zurückdrehen sollte.«

»Sind wir erst am Ziel, wird Ihnen schon etwas einfallen.«

»Da! Der Kilimandscharo«, rief Smith und unterbrach das Gespräch der beiden Kontrahenten.

In der Ferne zwischen den finsteren Wolkenfetzen gewahrten sie tatsächlich die Silhouette eines einsamen Berges. Der Kegel war oben abgeflacht, doch nicht, wie einst, mit Schnee bedeckt.

»Sie könnten die Kanone in entgegengesetzte Richtung abfeuern«, schlug Smith vor und hantierte mit der Einstellung des Brenners, um den Ballon in der richtigen Höhe zu halten. Der Wind nahm zu, die Luftwirbel ließen die Gondel schwanken.

»Das ist unmöglich«, konterte Maston. »Woher soll ich ein neues Projektil nehmen und den nötigen Explosivstoff Meli-Melonit?«

»Ihr habt es einmal geschafft, also schafft Ihr es auch ein zweites Mal.« Smith blickte Maston grimmig an.

Der Ballon wurde von einer Böe erfasst und in Schräglage versetzt. Die drei Luftreisenden stürzten auf den Boden des Korbes. Sie krallten sich fest, während ihr Gefährt als Spielball der aufgebrachten Atmosphäre durch den Äther schlingerte.

Smith zog sich hoch und spähte über den Rand. »Land! Ich sehe Land! Der Kilimandscharo ist nicht mehr fern.«

Auch J.T. Maston stützte sich empor, um das Land zu erblicken. Es war von Verwüstung geprägt – jene

Verheerungen, die von dem Projektil stammten. Das Kanonenrohr im Berg war verschüttet, jedwede Siedlung zerstört, keine Menschenseele zu sehen.

»Es ist nichts zu retten!«, rief Maston und beugte sich ausschauhaltend über den Rand des Korbes.

… nichts zu retten … nichts zu retten … Der Gott jener verwüsteten Welt hielt inne. Seine Feder blieb mitten im Wort stehen. Ein Tintenklecks breitete sich über dem Papier aus und verschlang die letzten Wörter.

Das darf nicht sein, dachte er und blickte vom Schreibtisch auf. So kann ich die Geschichte nicht enden lassen. Sollten Wissenschaft und Technik die Zerstörer der Welt sein – oder die Neugier des Menschen? Nun, wahrscheinlich war es die Gier des Menschen, welche unseren Globus irgendwann zugrunde richtet. Aber Geschichten sind Geschichten und ich kann auf diese Einfluss nehmen, mehr als auf das Geschick in der realen Welt. Womöglich kann ich gerade durch meine Geschichten Einfluss auf den Lauf der Dinge nehme und den Menschen den Spiegel vorhalten.

Monsieur blickte durch das Fenster über die Dächer von Amiens. Der Mensch ist nicht unfehlbar, sinnierte er, und sein Tun ebenso wenig. Eine Ablenkung hier und ein Zahlendreher dort und schon stellt sich die Katastrophe ein … das Durcheinander … oder eben *Kein Durcheinander*.

Er knüllte zwei Zettel in der Hand zusammen und warf sie unter den Schreibtisch. Die Katastrophe kullerte als Papierkugel über die Dielen des Stadthauses. Gedeon Spilett und Cyrus Smith verließen unerkannt

den Schauplatz. Die Feder nahm ihre Bewegung wieder
auf.

Jawohl, es ging alles gut,weil sich nichts
geändert hatte im Zustande der Dinge,
abgesehen von den in Wamasai angerichteten
Verheerungen, welche aufs Kerbholz jener
künstlichen Windhose gehörten, und von den
vielfachen Schiffbrüchen infolge der
gewaltsamen Verschiebungen der Luftschicht.

(Aus *Der Schuss am Kilimandscharo* oder
Kein Durcheinander von Jules Verne, 1889)

Diese Geschichte erschien 2018
in der Anthologie
Auf phantastischen Pfaden,
Die den Auftakt der Historische-Fantasy-Reihe
Karl Mays magischer Orient
bildet.

Ich stamme selbst aus der Gegend
von Karl Mays Geburtsstadt
Hohenstein-Ernstthal.
In der hier erwähnten Karl-May-Höhle
war ich natürlich auch schon.

DURCHS WILDE ERNSTTHAL

Die Mai-Sonne schien warm auf mich herab. Ich mäßigte meinen Lauf, denn meine Beine wurden mir schwer und meine Lungen brannten. Der Anstieg zum Oberwald hatte mich doch sehr angestrengt und mein Puls raste. Das Herz klopfte mir bis in den Hals. Hatte ich die Häscher der Justiz abhängen können? Ich lauschte. Es war kein verdächtiges Geräusch zu vernehmen, kein Knacken von Zweigen unter schwerem Tritt, kein rollendes Gestein losgetreten von Polizeistiefeln. Gedämpftes Geläut der Ernstthaler Glocke war zu hören – unten aus dem Tal. Doch die Bäume ringsum verwehrten mir den Blick auf den Ort meiner Kindheit. Ich schüttelte die Erinnerungen ab, die mich zu übermächtigen versuchten. Nach kurzem Verschnaufen rückte ich den Rucksack zurecht und trat in den stillen und geheimnisvollen Wald ein.

Die Äste der Bäume wölbten sich über mir und die zarten grünen Blätter filterten das Sonnenlicht. Ich lenkte meine Füße in den Hohlweg des Pechgrabens. Die Stimmen der Vögel waren wie Musik in meinen Ohren und mein wildes Herz begann sich zu beruhigen. Eine Amsel saß auf einem Zweig und trällerte ihr Frühlingslied. Weiter entfernt von der Höhe des Kiefernberges her drang das Tock-tock-tock eines Spechtes zu mir herunter. Der Warnruf eines Eichelhähers ließ mich zusammenzucken. Meine Muskeln spannten sich wie die eines Pferdes vor dem Sprung. Mit angehaltenem Atem blickte ich mich um. Doch da war niemand. Mir wurde gewahr, dass ich selbst der Eindringling war, vor dem der Vogel warnte.

»Greenhorn!«, titulierte ich mich selbst und lachte in mich hinein. »Pshaw! Diesmal sollen sie mich nicht erwischen. Ins Arbeitshaus nach Zwickau kehre ich auf keinen Fall zurück.«

Weiter wanderte ich durch das romantische Tal, lauschte dem Gesang der Vögel und dem leisen Plätschern der Wasser des Pechgrabens. Bald vereinten sie sich mit den Wassern des Schindelgrabens. Nun wusste ich, dass das Ziel nicht mehr fern war. Ich setzte zum Sprung an und landete wohlbehalten auf der anderen Seite. Dichtes Buschwerk verdeckte dem unwissenden Wanderer den Blick in den Hohlweg. Ich bahnte mir einen Durchgang und endlich tat sich vor mir der Schlund der Eisenhöhle auf. Furchtlos trat ich in das Dunkel des Berges. Es sollte mein Schutz sein, mein Unterschlupf, bis sich die erregten Gemüter beruhigt hatten. Dann würde ich weiter ziehen. Doch vorerst schlug ich hier mein Lager auf.

Wenn auch nur im Geiste meiner Phantasie, so war ich doch ein geübter Westmann, der sich nicht vor den Herausforderungen der Natur fürchtete. Ganz im Gegensatz zu den Herausforderungen eines gutbürgerlichen Lebens, denen ich mich zum wiederholten Male nicht gewachsen sah. Doch sei gewiss, lieber Leser, dass ich auch diese eines Tages meistern werde. Fehlt mir doch einfach nur das Ziel meines Lebens und Zeit. Zeit, meiner Bestimmung zu entsprechen. All das zu Papier zu bringen, was schon lange in mir schlummerte. Doch die Zeit war ein unbarmherziger Sklaventreiber, der die Karawane der Ereignisse durch die Wüste des Lebens trieb. Und so war ich stets damit beschäftigt gewesen, mir Teller und Krug zu füllen, anstatt die leeren Seiten, die ich stets bei mir trug. Dies wollte ich nun ändern.

Aus dem Rucksack kramte ich einige Kerzen. Ich strich das Zündholz über den Stiefelschaft und die winzige Flamme erschuf ein kleines Stück Welt um mich herum. Sobald sie auf den Docht der Kerzen übergesprungen war, hatte sich diese Welt noch ein wenig vergrößert. Einige Baumscheiben nahe der bergmännisch behauenen Felswand boten mir einen geeigneten Platz, um mich niederzulassen. Zuerst prüfte ich meine Vorräte an Zwieback und Speck. Ich wünschte, ich hätte behaupten können, Vorräte an getrocknetem Büffelfleisch bei mir zu tragen. Doch derlei Dinge befanden sich nur in meinem Kopf. Eine Decke aus grauer Wolle ersetzte das gegerbte Bärenfell. Nun fühlte ich mich frei.

Ich zog die Weinflasche aus dem Rucksack und stellte sie neben die Kerze. Dann holte ich den Papierstapel hervor. Das war der Beginn. In Zwickau hatte ich endlich Zeit gefunden, all die Ideen zu den Geschichten aufzuschreiben, die sich in mir breit gemacht hatten. Ich quoll über vor Ideen und musste sie endlich aus mir befreien. Die Liste an Titeln und Sujets auf meinem Repertorium war lang. Doch wo beginnen?

Ich legte den Bleistift und ein Stück jungfräuliches Papier auf den provisorischen Tisch neben der Kerze. Mit etwas Anstrengung drehte ich den Korken aus der Flasche und setzte sie an den Mund. Der Stift zuckte in meiner Hand. Ein weiterer Schluck. Ich starrte auf das Papier. Es war noch immer weiß. Der Schein der Kerzen tanzte auf dem nackten Gestein. Schatten von Kanten und Wölbungen narrten mich mit grinsenden Gesichtern. Das Licht flackerte, die Schatten huschten vor meinem getrübten Bick vorbei wie Raubvögel über den blauen Himmel der Prärie. Der Fels fing an sich zu bewegen, zu verschwimmen. Das Kerzenlicht formte sich zu einem runden Fleck. Ein Mond über dunklem weitem Land. Oder war es Wasser? Es mutete an, als ob der Fels der Höhle die Oberfläche eines Sees sei. Beschienen vom silbernen Mondlicht – ein Silbersee.

Ich sank in mich zusammen.

Jemand rüttelte an meiner Schulter. Langsam kam ich zu mir. Licht fiel durch meine geschlossenen Augenlider. Es musste heller Morgen sein und die Sonne genau durch den Höhleneingang scheinen. Mein Kopf war schwer und ich hörte ein Rauschen und Brausen, wie von einem Mühlbach. Wieder rüttelte jemand an meiner Schulter. Die Augen waren mir ebenfalls schwer und es gelang mir nicht sie zu öffnen. Ich befürchtete, dass es die Polizei sein konnte, die mich nun doch gestellt hatte. Ich vernahm ein Schnauben. Das Schnauben eines Pferdes – eines Polizeipferdes? Eine frische Brise wehte in die Höhle. Sie roch nach Gras und Pferd. Mir wurde gewahr, dass das Rauschen nicht von einem Mühlbach kam, sondern in meinem Kopf wohnte. Es musste die Folge des Weingenusses sein.

Nun, dachte ich resigniert, dann soll es so sein. Eine weitere Verhaftung.

Endlich fand ich die Kraft meine Augen zu öffnen. Ein Gesicht war über mich gebeugt. Edle Züge, fein geschnitten, bronzene Haut, dunkle Augen und langes schwarzes Haar.

»Mein Bruder«, sprach mich der Wilde an. »Weilst du wieder im Land der Lebenden? Ich hatte schon befürchtet, dass diese Bleichgesichter dich in die ewigen Jagdgründe zu Manitu befördert haben.«

Blinzelnd blickte ich mich um. Wo war ich?

Die Höhle war verschwunden. Ich lag im goldglänzenden Gras der Great Plains. Das konnte nicht sein! Wie sollte ich hierhergekommen sein?

Ungläubig blickte ich den Indianer an. Er lächelte. Ich erkannte ihn. Denn schon seit langem geisterte er in meinem Kopf herum, und er war mir so vertraut. Eigentlich sollte er ein Trugbild sein, ein Gespinst meiner Phantasie. Doch nun stand er vor mir, ganz lebendig.

»Winnetou, mein Bruder ...«, stammelte ich.

»Die Kugel ist an deiner Schläfe entlanggefahren und hat eine nicht sehr tiefe Wunde gerissen. Aber du scheinst noch verwirrt, Charlie«, fuhr mein Blutsbruder fort.

Ich fasste mir an den Kopf und spürte warmes Blut an meiner Hand. Dies konnte kein Traum sein.

»Das Greenhorn lebt, wenn ich mich nicht irre. Hihihi«, hörte ich plötzlich eine weitere Stimme. Ich wendete umständlich den Kopf. Auf einem Maultier sitzend blickte ein Mann mit wirrem Bart und Biberschwanzmütze aus winzigen klugen Augen auf mich herab. Seine Nase war gewaltig. Ein übergroßer flickenbesetzter Jagdrock verhüllte den Rest der Gestalt und ließ nur ein paar ausgefranste Leggins herausschauen über die ein paar zu groß geratene Stiefel gestülpt waren. Ich erkannte ihn sofort. Es war mein treuer Gefährte Sam Hawkens, zu Fleisch und Blut geworden, wie Winnetou.

»Wollt Ihr den ganzen Tag verschlafen, Old Shatterhand? Oder wollen wir nun endlich diesen Santer verfolgen? Wir müssen vor ihm am Nugget-Tsil ankommen, wenn ich mich nicht irre. Hihihi«, setzte er mir weiter zu.

Ich ließ mich in das Spiel ein. Denn was hatte ich für eine Wahl? Sollte es ein Traum sein, konnte mir nichts Böses widerfahren. Waren diese Figuren tatsächlich echt, so musste auch ich echt sein – Old Shatterhand.

Winnetou streckte mir die Hand entgegen. Ich ergriff sie beherzt und er zog mich auf die Beine. Dann bestieg mein Bruder seinen Hengst Iltschi und ich meinen treuen Hatatitla. Auf ins Abenteuer!

Wir folgten der Fährte der Banditen durch die Prärie. Die Hufe ihrer Pferde hatten einen verräterischen Pfad hinterlassen. Selbst für ein Greenhorn, das noch unerfahren im Spurenlesen war, hätte die Verfolgung der Fährte keine Herausforderung dargestellt.

So kamen wir dem Höhenzug näher, der das Gold der Apachen barg. Und noch etwas war hiermit verbunden. Ich sah es in Winnetous Gesicht und spürte es in meinem Herzen. Wir kehrten an den Ort zurück, an dem Winnetous Vater Intschu tschuna und seine Schwester Nscho-tschi einst den Tod fanden. Ihr Mörder kehrte an den Ort des Verbrechens zurück und wir waren ihm auf den Fersen. Winnetou würde endlich Rache nehmen können, wie er sie der sterbenden Nscho-tschi versprochene hatte. Diese Gedanken verwirrten mich, denn ich grübelte über Dinge, als wären sie bereits geschehen, obwohl ich sie noch nicht zu Papier gebracht hatte. In diesem Universum jedoch gehörten sie schon der Vergangenheit an.

Ein Zweig peitschte mir ins Gesicht, als wir durch den Wald ritten und riss mich aus den Grübeleien. Zu beiden Seiten des Weges erhoben sich bewaldete Höhen. Sie rückten allmählich enger zusammen, bis sie eine Schlucht bildeten, in die sich nur wenig Tageslicht verirrte. Der Boden war mit Geröll bedeckt. Die Hufe der Pferde hatten Mühe, den rechten Halt zu finden. Doch wir konnten keine Rücksicht darauf nehmen. Diesmal sollte der Mörder uns nicht entkommen. Der Mörder des Mädchens, dass meine Frau hatte werden wollen und dafür in den Tod gegangen war.

Ein Stöhnen entfuhr meiner Brust bei diesem Gedanken. Winnetou musste es wohl vernommen haben, ließ sich jedoch nichts anmerken. Auch ihm war das Herz schwer. Das konnte ich an seinem Gesicht und seiner Haltung erkennen. Seine Miene wirkte nicht nur ernst, wie gewöhnlich, sondern regelrecht versteinert. Seine Haltung mag für einen Fremden aufrecht und stolz wirken. Doch ich sah sehr wohl, dass er bedrückt war. Selbst der Wald schien den Atem anzuhalten, denn es war kein Vogel zu vernehmen.

Jedoch hörte ich Hufschlag. Als wir die Anhöhe erreicht hatten, fanden unsere Reittiere wieder sicheren Tritt im Gras des lichten Waldes. Wir trieben sie an und jagten zwischen den Stämmen hindurch.

Endlich wurden wir vor uns der Flüchtigen gewahr. Sie preschten zielstrebig auf eine Höhle zu, deren Eingang uns drohend entgegen gähnte. Furchtlos ritt ich ihnen hinterher und setzte mich an die Spitze unseres kleinen Trupps.

»Mein Bruder«, rief Winnetou mir nach, »halte ein!«

Ich zügelte sofort meinen Rappen und hielt an. Die Hufschläge der Pferde von Santer und seinen Kumpanen hallte im Bergesinnern wider.

Mein Blutsbruder war dicht an mich heran geritten und hatte die Hand auf meine Schulter gelegt. »Charlie, reite du ihnen hinterher. Sam Hawkens und Winnetou werden ihnen auf der anderen Seite auflauern.«

»Du kennst den Weg zum Ausgang?«

»Ja, mein Bruder.«

»Vortrefflich. So sitzen sie in der Falle.«

Winnetou nickte mir bejahend zu, deutete Sam an, ihm zu folgen und trieb sein Pferd zum Galopp an. Sam guckte etwas verdutzt, folgte dann aber dem roten Häuptling.

So stand ich allein vor dem gähnenden Schlund des Berges. Ich lauschte. Die Hufschläge waren verklungen. Entweder waren die Banditen außer Hörweite geraten oder stehen geblieben, um uns einen Hinterhalt zu legen. Ich hatte keine Zeit, mir darüber Sorgen zu machen, sondern trieb Hatatitla vorwärts. Das Pferd bäumte sich auf. Zum ersten Mal wollte es mir nicht gehorchen. Witterte es Gefahr? Ich drückte meine Absätze fester in seine Flanken. Das Tier schnaubte nervös, ging aber vorwärts. So traten wir in die Dunkelheit des Berges ein.

Das Licht, welches durch den Eingang drang, wurde schnell schwächer, je weiter ich ins Innere vordrang. Und dann umgab mich undurchdringliche Dunkelheit. Wie sollte ich den Weg finden? Es dauerte eine geraume Zeit, bis sich schließlich meine Augen an die Finsternis gewöhnt hatten. Hatatila war in langsamem Schritt wietergegangen. Anscheinend hatte er eine bessere Sehkraft als ich, oder er orientierte sich an etwas anderem. Ich jedenfalls erblickte nun ein Flimmern und Glimmern im Fels. Es umgab mich wie ein gewaltiger Schwarm Glühwürmchen. Bei näherem Betrachten begriff ich, dass es die Goldadern waren, die in dem Dunkel leuchteten. Fast so, als wolle der Berg selbst mir den Weg weisen.

Auf einmal krachte es, dass ich meinte, der gesamte Fels würde auf mich hernieder stürzen. Ich ließ mich von meinem Pferd fallen und rollte mich in eine Felsnische. Vorsichtig lugte ich nach vorn. Etwa zwanzig

Schritte voraus sah ich einen Pistolenlauf funkeln. Da hockten also diese Banditen, um uns aufzulauern.

»Santer!«, rief ich. »Wenn Ihr nicht den gesamten Berg zum Einsturz bringen wollt, solltet Ihr aufhören zu schießen.«

Ein verächtliches Lachen war die Antwort. Es hallte von den Wänden wider, als käme es aus hundert Kehlen. »Was ist? Hat Old Shatterhand Angst. Ist er zu Old Schlotterhemd geworden?«

Diese Beleidigung hätte mich wütend machen sollen, doch ich schluckte meinen Zorn hinunter und versuchte einen Plan zu schmieden, diese Banditen dingfest zu machen. Ich wusste nicht, wie lang die Höhle war und ob meine zwei Freunde das andere Ende schon erreicht hatten. Auf jeden Fall durfte ich diese Bande nicht entkommen lassen. Also schwang ich mich wieder auf Hatatitla, fasste den Bärentöter am Lauf und schwang ihn wie eine Keule. Ich preschte auf die vier Banditen los, die verdutzt über meinen plötzlichen Angriff, reglos dastanden. Zwei der Gauner konnte ich mit dem Kolben niederstrecken. Der Dritte hastete in eine Felsspalte, wohin ich ihm nicht zu folgen vermochte. Santer, der Mörder, war jedoch auf sein Pferd gesprungen und versuchte erneut zu fliehen. Doch ich holte ihn ein, spannte meine Muskeln und sprang ihn von hinten an. Dabei riss ich ihn vom Pferd und wir stürzten auf den Höhlenboden. Mein Kopf krachte unglücklich auf einen Felsvorsprung und ich verlor das Bewusstsein.

Ein Schrei des Entsetzens ließ mich wieder zu mir kommen. Ich spürte Santers Körper unter mir. Er wand sich wie von Sinnen und wollte sich von meinem Körper, der ihn an den Boden fesselte, befreien. Er rutschte in spürbarer Panik unter mir hindurch. Im letzten Moment konnte ich noch seine Füße greifen und ihn an der Flucht hindern.

»Lass mich los, du Teufel!«, brüllte er. »Was für eine Zauberei ist das?« Seine Stimme überschlug sich.

Zauberei?, dachte ich. Was konnte dieser Mörder meinen? Ich blickte mich um und erstarrte. Die Höhle, in der wir uns befanden, war nicht mehr die im Nugget-Tsil. Wir befanden uns wieder in der Eisenhöhle nahe Ernstthal. Ein kalter Schauer glitt mir über den Rücken.

Meine Schockstarre ausnutzend befreite sich Santer und stürzte dem Ausgang entgegen. Ich setzte ihm nach. Draußen blendete mich das Licht der tiefstehenden Mai-Sonne, die ihre Strahlen durch das junge Blätterdach des Waldes schickte. Schemenhaft erkannte ich, dass der Bandit auf ein Pferd sprang und davon preschte.

Ich blickte mich Hilfe suchend um. Und da stand er: Hatatitla mein Rappe. Rasch schwang ich mich auf seinen Rücken und trieb ihn zum Galopp an. Ich holte den Flüchtigen schnell ein, doch war es nicht möglich ihn zu stellen. Zu schmal war der Hohlweg, den er hinabsprintete. So blieb ich ihm nur dicht auf den Fersen. Die Sonne neigte sich schon dem Horizont zu und die Schatten wurden länger. Endlich erreichten wir ein Feld. Zartes Grün spross aus dem Boden und wurde von den Hufen unserer Pferde niedergetrampelt. Unsere Pferde flogen mit uns über den Höhenzug. Ich sah die Kirchturmspitze von Ernstthal im letzten Licht des Tages leuchten. Der Mond erhob sich aus den Äckern und tauchte das

Land in silbriges Licht. Santers Pferd glänzte schweiß-
nass im bleichen Schein. Auch Hatatitla troff schon der
Schaum aus dem Maul. Gleich würde ich den Mörder
haben!

Vor uns auf dem Feld sah ich einen Weiher. Das Wasser glänzte silbern. Ein Silbersee, schoss es mir durch
den Kopf. Ich konnte meine Worte selbst nicht deuten.
Und dann geschah etwas Seltsames. Der kleine glänzende See schien sich zu verformen. Aus dem ovalen
Weiher wurde eine weiße viereckige Fläche. Santer flog
mit seinem Pferd genau darauf zu. Er wich nicht zur
Seite aus. Ich meinte, er wolle über das Wasser springen,
was mir völlig unmöglich erschien. So war es auch. Sein
Pferd setzte zum Sprung an und landete mitten in dem
Tümpel – oder in dem weißen Etwas, das sich daraus
geformt hatte. Noch während ich darüber nachdachte,
welche Zauberei hier am Werk sein konnte, machte auch
Hatatitla einen Satz und ich landete mit ihm in dem
Gebilde. Wie ein Ozean aus Milch sog es mich auf und
verschlang mich.

Panik ergriff mich. Ich schlug um mich, ruderte mit
den Armen, versuchte mich von Hatatitlas Rücken nach
oben zu stoßen. Doch das Pferd war verschwunden. Ich
sah nichts außer blendendem Weiß. Es drückte mir
schwer auf den Schultern.

Ich riss den Kopf hoch und saugte Luft in meine Lungen.
Jemand hatte meine Schultern gepackt.

»Haben wir dich!«, brüllte eine Stimme.

Ich blinzelte. Im Dämmerlicht der Eisenhöhle sah ich
drei Polizisten, die mich umstellt hatten. Die Knöpfe

ihrer Uniformen glänzten silbern, wie die Beschläge von Winnetous Silberbüchse. Ich roch den Wein. Die Flasche stand geöffnet vor mir auf dem provisorischen Tisch. Daneben lag der Bleistift sichtlich kürzer und darunter ein Stapel weißer Blätter Papier. Sie waren viereckig und leuchteten silbrig, wie der Weiher, in dem Santer verschwunden war und Hatatitla. Der Weiher? Ich blickte das Papier genauer an. Es war nicht mehr leer und jungfräulich, sondern über und über beschrieben.

Ein unbeschreibliches Glücksgefühl übermannte mich. Ich lächelte. Und während die Polizisten mich hochzogen um mich abzuführen, griff ich nach den Blättern und steckte sie in die Innentasche meines Mantels.

So waren sie gut bewahrt an meinem Herzen: Winnetou, Sam Hawkens, Old Shatterhand ....

Auch diese Geschichte erschien 2018
in der Anthologie
Auf phantastischen Pfaden,
die den Auftakt der Historische-Fantasy-Reihe
Karl Mays magischer Orient
bildet.

Sie beschäftigt sich auf drei Ebenen mit
Karl Mays Zusammentreffen
mit dem realen Orient.

DAS VERMÄCHTNIS
DES KARA

»Es selâm 'alejkum! Darf ich mich ans Feuer setzen?«,
fragte ich die Gesellschaft. Der flackernde Schein beleuchtete sonnengegerbte, zerfurchte Gesichter. Die hellen Turbane leuchteten im Dunkel der Wüstennacht.
Einer der Araber erhob sich. Er war recht klein und dürr.
Sein nicht mehr weißer Burnus war sichtlich für einen
viel größeren Mann gefertigt. Ein paar Fasern am Kinn
und einige Spinnfäden rechts und links der Nase deu-
teten wohl einen Bart an, der die Lippen frei ließ, die sich
nun zu einem freundlichen Lächeln verzogen. Mit der
Hand beschrieb er eine einladende Geste.

Ich nickte dankend und setzte mich ans wärmende
Feuer. War die Wüste bei Tage ein brennender Glutofen,
so war es des Nachts sehr kalt unter dem leuchtenden
Sternenband.

»We 'alejkum es selâm!«, antwortete nun der Araber. »Wer seid Ihr?«

»Mein Name ist Albin Wadenbach.«

Jemand bot mir einen Korb mit Datteln. Ich nahm einige in die Hand und reichte ihn weiter. Die Kamele der Reisenden lagerten nahe der Wasserstelle und ich konnte ihr Schnauben und Brummen hören.

»Was führt Euch durch dieses Land, Sihdi?«, fragte mich der Bärtige. Seine Augen funkelten wissbegierig im Licht des Lagerfeuers.

»Ich bin Reporter und schreibe einen Reisebericht über den Orient«, antwortete ich.

»Oh. So kommt Ihr aus dem Abendland?«

»Ja. Das ist wahr ... Und wohin führt Euer Weg?«

Der Mann steckte sich eine Dattel in den Mund und begann bedächtig zu kauen. Dann antwortete er:

»Wir bringen Waren von Bagdad nach Stambul.«

Ich blickte ins Feuer. Die Auskunft kam mir seltsam vor, denn diese Oase hier lag gewiss nicht auf der beschriebenen Route. Doch hütete ich mich, einen Verdacht laut zu äußern. Ich kannte diese Leute nicht und war lieber vorsichtig.

»Habt Ihr, Sihdi Wadenbak, schon Berichtenswertes erlebt?« Das Männchen stopfte sich wieder eine Dattel in den Mund. Seine Gefährten saßen still daneben und lauschten unserem Gespräch.

»Ich weiß nicht«, gestand ich leise, »ob es berichtenswert ist. Doch ich hatte vor wenigen Tagen eine seltsame Begegnung.«

»Oh, wenn es Euch gefällt, so erzählt uns davon. Wir lauschen gern seltsamen Geschichten. Dies verkürzt uns die Nacht.«

Nun stopfte ich mir meinerseits eine der süßen Datteln in den Mund, um Zeit zu gewinnen und kaute lange auf ihr herum. Ich überlegte, wo ich beginnen sollte.

Die Wasser des Nils ließen das Schiff kaum merklich hin und her schwanken. Die Segel waren gebläht. Die Frau stand an der Reling und blickte zurück nach Süden. Seit wir in Luxor abgelegt hatten, hatte sie sich kaum von der Stelle bewegt. Ich wusste, dass sie in Begleitung ihres Gatten und eines befreundeten Ehepaares war. Vielleicht war es unschicklich, sie anzusprechen, doch ihr betrübter Blick rührte mich zutiefst. Zumal ich wusste, dass ihre Gesellschaft Landsleute von mir waren.

»Darf ich mich vorstellen?«, begann ich zögerlich. »Albin Wadenbach.«

Sie blickte mich an, als hätte ich sie aus einem Traum gerissen. Ich hielt ihr die Hand entgegen. Sie blinzelte, als wäre sie gerade aufgewacht.

»Oh.« Sie ergriff zaghaft meine Hand. »Angenehm. Klara Plöhn.«

»Gefällt es Ihnen hier nicht?« Sicherlich war es recht anmaßend von mir, dies zu fragen. Doch ich wollte gern mehr über ihren Kummer erfahren.

»Es ist wunderschön hier. All die antiken Stätten. Sehr anregend.«

»Aber was betrübt Euch dann so?«

Sie blickte mich verwirrt an. Doch dann flog ein Lächeln über ihr Gesicht, wie ein verschreckter Vogel. »Nun, antwortete sie offen. »Er ist es, der mich betrübt.«

»Er?«

»Ja, unten in der Kajüte. Diese Reise war sein Lebenstraum aus dem er böse zu erwachen scheint.«

»Hat er sich ein Fieber geholt?«

»Mag sein, dass man es so nennen könnte.«

Ich verstand ihre Worte nicht. »Was meinen Sie damit?«

»Ich befürchte, wir müssen ihn einer Irrenanstalt zuführen.«

»Wieso? Was ist mit ihm geschehen? Welches Fieber kann das bewirken?«

»Ich würde es Realität nennen«, antwortete sie. Ihre Augen bekamen einen feuchten Glanz und sie wendete sich von mir ab, blickte hinaus in die Wüste.

»Realität?«, bohrte ich weiter.

»Ja. Er kann es nicht verwinden. Hatte er doch solch Reisen schon viele Jahre unternommen. Hatte Abenteuer erlebt und glaubte, dass alles zu kennen. Doch nun ...«

»Doch nun?«

»Es ist nicht so, wie er erwartet hatte.« Sie verstummte.

Als Reporter war ich es gewohnt, Menschen auszufragen. Diesmal tat ich mich schwer damit. Sie war eine sehr attraktive Frau von zarter Gestalt und ihre Traurigkeit betrübte mich.

»Darf ich Ihren Gatten sprechen?«, kam es über meine Lippen.

»Es geht nicht um meinen Gatten.« Ihr Ton war fast ein wenig entrüstet. »Es ist Karl, der Freund meines Mannes, der uns Sorge bereitet.«

»Oh verzeihen Sie«, entgegnete ich.

»Schon gut. Sie können es gern versuchen. Doch ich glaube, er ist im Moment niemandem zugänglich.«

Sie stieß sich von der Reling ab, als hätte sie einen wichtigen Entschluss gefasst und führte mich hinab in den Bauch des Schiffes. Zaghaft klopfte sie an einer Kajütentür. Von drinnen war ein unwirsches Gebrüll zu hören.

»Gehen Sie besser allein hinein. Doch seien Sie auf der Hut. Er ist nicht er selbst.«

Ich nickte und sie wendete sich ab. Ich blickte ihrer zarten Gestalt nach, bis sie wieder die Treppe hinausgestiegen und aus meinem Sichtfeld entschwunden war. All meinen Mut zusammennehmend öffnete ich nun die Tür. Drinnen erblickte ich einen Mann, an einem kleinen Tisch sitzend, der über und über mit Büchern bedeckt war. Er hatte den Kopf in die Hände gestützt und bot ein elendes Bild.

Als ich eintrat, blickte er auf. »Wer sind Sie?«, herrschte er mich an.

»Ich hörte, wir seien Landsmänner und wollte Ihnen meine Aufwartung machen«, erklärte ich.

»Pshaw!«, kam es verächtlich aus seinem Mund.

Ich betrachtete ihn interessiert. Sein stellenweise ergrautes Haar war nach hinten gekämmt. Er trug einen Oberlippenbart, der im Augenblick ein wenig ungepflegt erschien und unter der Unterlippe einen kleinen Kinnbart.

»Was wollen Sie?«, brüllte er mich an.

»Entschuldigen Sie mein Eindringen. Doch ich bin Reporter und schreibe einen Bericht über eine Orientreise. Da Sie weit gereist sind, dachte ich, Sie …«, weiter kam ich nicht.

Er war aufgesprungen und warf mit einem Baedeker nach mir. »Hier haben Sie Ihren Reisebericht!« Ich konnte mich in letzter Sekunde unter dem anfliegenden Reiseführer ducken und er prallte gegen die Kajütentür.

Dann sank der Mann wieder auf dem Stuhl zusammen.

»Ich bin dessen nicht würdig. Nicht dieser historischen Schätze.«

»Warum denkt Ihr das?«

»Goethe würde ganz anders sehen, denken und empfinden als ich. Das ist nun leider hier im Leben nicht mehr nachzuholen.«

»Dieser Mann musste wahrlich verwirrt sein«, ging es mir durch den Kopf. »Was hatte er mit Goethe zu schaffen?«

Als hätte er meine Gedanken erraten, zog er den ‚Faust‘ aus dem Bücherstapel und schleuderte ihn durch die Kajüte. »Zwei Seelen wohnen, ach! in meiner Brust«, schrie er in wilder Verzweiflung. »Oder sind es gar drei oder vier?«

»Haltet ein, werter Herr«, versuchte ich ihn zu beruhigen.

»Das ist nicht meine Welt«, schluchzte er. »Das ist nicht die Welt von Kara Ben Nemsi und Hatschi Halef Omar.«

Sein Elend rührte mich zutiefst, auch wenn ich nicht verstand, wovon er sprach.

»Wer ist Kara Ben Nemsi?«, fragte ich.

»Kara Ben Nemsi ...«, murmelte er, als müsse er sich erst entsinnen. Dann blickte er auf und seine wasserblauen Augen wirkten plötzlich, als sei er wieder klaren Verstandes.

»Durch die Wüste ...«, begann er seine Erzählung.

Durch die Wüste ritt ich mit meinem treuen Gefährten. Er war ein Hadschi und stolz darauf. Seine kleine dürre Gestalt auf dem großen Pferd mag für manch einen lächerlich gewirkt haben. Doch wer ihn kannte, wusste seinen Scharfsinn, Mut und seine Gewandtheit und Ausdauer zu schätzen. Keinen anderen Gefährten hätte ich mir an meiner Seite gewünscht.

Nie habe ich jemandem davon erzählt, wie Halef in mein Leben trat. Ich hatte mich auf meiner Reise einer Karawane angeschlossen. Der halbwilde Berberhengst, so klein von Gestalt, dass meine Füße fast auf dem Boden schleiften, trabte gemächlich neben einem für ihn gewaltigen Tuareg-Hedschîn. Damals besaß ich noch nicht Rih meinen legendären Rappen, den ich erst viel später als Geschenk von Scheich Mohammed Emin erhielt. So musste ich mich noch mit dem kleinen Berber begnügen.

Die Sonne neigte sich dem Horizont zu. Das Abendrot tünchte die Wüste in die Farbe des Blutes. Die Kamele trotteten in gerader Linie eins hinter dem anderen. In der Ferne glaubte ich schon eine Oase zu erkennen, die sicherlich das Ziel für die Nacht sein sollte.

Doch plötzlich beschrieb der Treck einen Richtungs-
wechsel, den ich mir nicht erklären konnte. Von meinem
kleinen Pferd aus hatte ich zudem kaum Überblick über
unseren Weg. Also sprach ich den Reiter neben mir an:

»Was hat das zu bedeuten?«

»Dieser Pfad ist verdorben«, antwortete der Tuareg
von seinem Hedschîn herunter.

Ich runzelte die Stirn. Was mochte das bedeuten?
Doch anstatt weiter zu fragen, drückte ich meine Fersen
in die Flanken des Pferdes und das Tier machte eine
erschreckten Satz nach vorn. Dann verfiel es in zügigen
Trap.

»Wo wollt Ihr hin, Effendi?«, rief der Wüstenmann
mir nach.

»Ich möchte mich selbst überzeugen«, erwiderte ich.

Dies schien ihm nicht zu gefallen, denn er war
schnell aufgerückt. Ein Schritt seines Kamels waren fünf
Schritte meines Pferdes. Schon ritt er wieder neben mir.

»Ihr solltet Euch diesem Ort nicht nähern«, warnte er
mich.

Nun, da wir uns vom Weg der Karawane entfernt
hatten und ich über die sandigen Dünen zu blicken vermochte, gewahrte ich einen dunklen Fleck im Boden.

»Was ist das?«

»Ein Unglücklicher, ein Todgeweihter.«

Wir kamen rasch näher, und ich musste mit Entsetzen feststellen, dass da ein Kopf aus dem Sand
schaute. Er war mit einem großen Turban bedeckt, der
ihm wohl das Leben gerettet hatte. Denn die unbarm-
herzig vom Himmel hernieder brennende Sonne des
Tages hätte ihn sonst gebraten wie ein rohes Ei.

Ich stieg von meinem Pferd und kniete mich vor dem Kopf nieder. Da ich bemerkte, dass die geschlossenen Augen leicht zuckten, durfte ich noch Leben in dem Eingegrabenen vermuten und ich machte mich sogleich ans Werk, ihn aus dem Sand zu befreien.

»Könnt Ihr mir nicht zur Hand gehen?«, bat ich den Araber auf dem Kamel.

»Bei Allah. Dies ist nicht möglich, Effendi. Dies ist ein Verurteilter vor Allah. Ich darf mich nicht gegen dieses Urteil wenden.«

»Woher wollt Ihr wissen, dass es rechtens war?«

»Dies spielt keine Rolle. Nur der Herr weiß es.«

»Nun, da ich es nicht weiß, werde ich dieser armen Seele helfen«, erwiderte ich.

»Dann seit auch Ihr des Todes. Die Karawane wird Euch verstoßen.«

Während wir so sprachen, hatten meine Hände schon das halbe Männlein ausgegraben. Denn dieser Mann war von sehr kleiner Statur, fast wie ein Kind und äußerst dürr. Aber er lebte, und das war die Hauptsache.

»Sei's drum«, entgegnete ich.

Der Araber auf dem Hedschîn stöhnte: »Ihr seid ein seltsamer Mann.« Sodann wendete er sein Reittier und ritt von dannen.

Ich grub und wühlte und schaffte es schließlich den armen Kerl aus dem Wüstenboden zu ziehen. Dann nässte ich ihm das Gesicht mit Wasser und die Lebensgeister kehrten in ihn zurück.

»Wer seid Ihr?«, fragte er noch ganz benommen.

Unterdessen war die kurze Dämmerung der Wüste hereingebrochen und von der Karawane war keine Spur mehr zu erblicken. Doch dies stimmte nicht ganz. Denn im Osten sah ich einen Punkt in den Dünen, der rasch größer wurde. Bald konnte ich zwei Reittiere unterscheiden. Und schließlich erkannte ich meinen freundlichen Weggenossen, den Araber auf dem Hedschîn. Am Zügel führte er ein großes dünnes Pferd hinter sich her.

Ich erhob mich, um ihn zu begrüßen. Kurz vor mir blieb er stehen, stieg jedoch nicht ab. Er warf mir die Zügel des Pferdes entgegen. Geschickt fing ich sie auf.

»Effendi«, begann er. »Ihr seid ein guter und gerechter Mann. Dem da möchte ich nicht helfen. Doch Euch wünsche ich nicht den Tod. Deshalb geben ich Euch dieses Pferd. Es ist nichts wert und bedarf keines Dankes. So denn mögt Ihr mit Eurem neuen Gefährten wohlbehalten Euer Ziel erreichen.«

»Ich danke Euch. Wollt Ihr mir zum Abschied noch Euren Namen nennen?«

»Mein Name ist Hassan, das soll Euch genügen.«

»Ich danke Euch, Hassan. Allah sei mit Euch.«

»Und mit Euch.«

Dann sprintete er auf seinem Kamel davon, und ich sah ihn nie wieder. Sodann wand ich mich meinem Schützling wieder zu. »Wer seid Ihr?«

»Mein Name ist Hadschi Halef Omar Ben Hadschi Abul Abbas Ibn Hadschi Dawuhd al Gossarah«, sprudelte es aus ihm heraus.

Ich lächelte amüsiert. »Ein wohlklingender Name. Was hat Euch edlen Herrn in diese Lage gebracht?«

Halef rückte seinen Turban zurecht und glättete seine Franzen, die er als Bart im Gesicht trug.

»Ich muss Euch enttäuschen, Sihdi. Ich bin kein edler Herr. Ich wurde wegen Prahlerei und Aufschneidens bestraft.«

»Und seid Ihr dessen schuldig?«

Halef lächelte verschmitzt. »Das, lieber Sihdi, wird uns die Zeit lehren.« Er zwinkerte mir verschwörerisch zu. »Wie ist Euer Name?«, fragte mich der kleine Muselmann dann.

»Karl.«

»Von wem stammt Ihr ab, Kara?«

Ich wollte ihn nicht beleidigen und ließ ihn bei Kara. Denn ich wusste sehr wohl, dass er meinen Namen nicht recht auszusprechen vermochte.

»Ich komme aus Deutschland.«

»So bist du denn Kara Ben Nemsi«, beschloss er kurzerhand.

Ich ließ ihn gewähren. War es doch ein vortrefflicher Name für mich in diesem Land. Dies war der Beginn einer wunderbaren Freundschaft. Wir machten uns auf, in die Klüften des Dschebel Aures, stiegen zum Dra el Haura hinunter, um über den Dschebel Tarfauri nach Seddada, Kris und Dgasche zu gelangen, wo wir von einem Abenteuer ins nächste stürzten. Halef war stets an meiner Seite und hatte nur eine Sorge:

»Und ist es wirklich wahr, Sihdi, dass du ein Giaur bleiben willst ...?«

So endete er seine Geschichte. Mit einem tiefen Seufzer stützte er wieder den Kopf auf die Hände.

»Und Sie sind dieser Kara Ben Nemsi?«, fragte ich verblüfft.

»Nehmen Sie es, wie Sie wollen.«, antwortete er leise. »Gehen Sie nun. Lassen Sie mich allein.«

So erhob ich mich. Ein Ruck ging durch das Schiff. Konnte dies schon die abendliche Anlegestelle sein? Waren tatsächlich schon so viele Stunden vergangen? Stunden, in denen ich mit Kara Ben Nemsi durch die Wüste geritten war. Ich blickte den Mann am Tisch an und wusste nicht, was ich von seiner Erzählung halten sollte. Also verließ ich ihn – den Abenteurer, den Erzähler, den Irren? – und machte mich selbst auf, um durch die Wüste zu reisen.

Die Gesellschaft am Lagerfeuer hing gebannt an meinen Lippen. Erst jetzt, da ich aus den Tiefen meiner Erinnerung auftauchte, wurde mir dies gewahr. Das dürre Männlein warf einen Palmzweig ins Feuer. Funken stoben auf und wanderten gen Himmel, als wären es Sterne, die sich mit den Glanzlichtern der Milchstraße vereinen wollten. Ich blickte ihnen versonnen hinterher.

»Dies war eine schöne Geschichte, Sihdi. Habt Dank dafür.«

Ich lächelte großzügig. Doch war mein Geist noch gefangen in meiner Erzählung.

Der dürre Araber erhob sich. »Nun denn, lasst uns Allah preisen und uns zur Ruhe begeben.«

Die anderen erhoben sich nun auch. Sie hatten sich unter den Palmen Schlafplätze gerichtet, die sie nun aufsuchten. Ich selbst verweilte noch am verglühenden Feuer. Unverhofft legte jemand eine Hand auf meine

Schulter. »Ich hoffe, Euer Freund hat den Weg zurück ins Leben gefunden.«

Ich blickte mich um. Es war der dürre Araber.

»Er war nicht mein Freund«, entgegnete ich. Die Stille der Wüstennacht wirke erdrückend.

»Aber der meine, Sihdi«, antwortete er leise.

Ich stutzte und blickte ihn verwirrt an. »Wer seid Ihr?«, entfuhr es mir.

Der Mann lächelte verschmitzt. »Dies ist mein Sohn, er heißt Kara«, stellte er mir einen jungen Burschen vor, der still an seiner Seite stand.

Ein kalter Schauer überlief mich.

Dann deutete er eine Verbeugung an und stellte sich selbst vor mit den Worten: »Ich bin Hadschi Halef Omar Ben Hadschi Abul Abbas Ibn Hadschi Dawuhd al Gossarah.«.

Diese Geschichte gehört ebenfalls
in das Universum von
Karl Mays magischer Orient.
Sie erschien 2022 in der
Phantastischen Miniatur
Kara Ben Nemsi.
Darin sind Geschichten enthalten,
die in die "Lücken" der Romanhandlungen passen.
Diese Story passt in eine "Lücke" von
Das Geheimnis des Lamassu.

DER DRACHE IM ELBURS

Der Weg durch die persische Bergwelt schien kein Ende zu nehmen und schließlich blieb uns nichts anderes übrig, als die Nacht an einem Hang des Kūh-e Damā-wand zu verbringen – dem Dampf enthaltenden Berg. Wir unterließen es, Feuer zu machen, um unseren Stand-ort den Truppen des persischen Schahs nicht zu verra-ten, die uns durch das Elburs-Gebirge jagten. Deshalb war die Nacht dunkel und kalt. Die Anstrengungen der letzten Tage mit Kerkerhaft und Todesurteil, Kämpfen gegen geflügelte Wesen – den Lamassus – und der Verlust guter Freunde hatten sich auch in meinem Körper bemerkbar gemacht und so fiel ich in einen un-ruhigen Schlaf.

Mitten in der Nacht erwachte ich. Mir war, als hätte ich eine Stimme vernommen. Ich öffnete die Augen, fühlte mich jedoch durch die mich umgebene Finsternis, als wäre ich blind. Angestrengt lauschte ich, vernahm allerdings nur das Atmen und leise Schnarchen der schlafenden Menschen unseres provisorischen Nachtlagers.

Doch dann hörte ich deutlich ein Stöhnen und der Gestank von Schwefel fuhr mir erneut in die Nase. Das Gespräch, welches ich mit meinen Freunden Lindsay und Sâyeh am Tage an den Hängen des Berges geführt hatte, kam mir wieder in den Sinn. Lindsay hatte die Theorie geäußert, dass dieser Schwefelgestank aus den Tiefen des Berges der Atem des Drachen sein könnte, der dort seit ewigen Zeiten eingesperrt war. Sâyeh hatte von der Sage berichtet, wie der Feldherr Faridun den dreiköpfigen Drachen Azhi Dahaka zum Kūh-e Damāwand gebracht und ihn mit Nägeln in einer unzugänglichen Höhle an die Wand geschlagen hatte, um ihn davon abzuhalten, die Welt zu zerstören. Er drückte es in den poetischen Versen eines persischen Dichters aus.

Am Berg Damāwand
er legt' ihn in Band.
Und schmiedet' ihm so die Händ' an den Stein,
Dass lang' er müsst' leben in Pein.

Wieder erklang das Stöhnen. Ich kroch aus der wärmenden Decke heraus und erhob mich. Als sich meine Augen an die Finsternis gewöhnt hatten, konnte ich schemenhaft die Silhouette des Gebirges gegen den Nachthimmel erkennen. Irgendwo flackerte für den Bruchteil einer Sekunde ein schwaches Licht und erneut wehte der sanfte Wind den Geruch von faulen Eiern heran.

»Azhi Dahaka«, entfuhr es mir im Flüsterton.

»So ist es, Fremder«, antwortete eine Stimme. Sie war nicht heimlich und leise, sondern schallte wie ein tiefer Glockenton durch die Klüfte und Kare des Elburs.

Erschrocken blickte ich mich um, doch meine Freunde und Weggefährtinnen schliefen weiterhin tief und fest.

»Sie können mich nicht hören. Seid unbesorgt, Reisender aus fernem Lande.«

»Wo seid Ihr?«, fragte ich. Die Neugier in mir besiegte die Furcht vor dem Unbekannten.

»Folgt dem Lichtschein«, antwortete die Stimme und kurz darauf flackerte es im Osten an der Steilwand des Kūh-e Damāwand.

Ich kann nicht mit Sicherheit berichten, wie ich im undurchdringlichen Dunkel der Nacht den Weg zu jenem Ort fand, der ins Innere des Berges führte. Eine Macht, die ich nicht erklären kann und damals auch nicht hinterfragte, führte mich zu einem brunnenartigen Schacht. Aus der Tiefe flackerte in regelmäßigen Abständen ein sanftes Licht. Warmer Dampf stieg draus hervor und trug unangenehmen Schwefelgeruch mit sich.

»Kommt herab, Würdiger«, forderte die Stimme mich auf und ich folgte ihr beherzt in die Tiefe. Vorsprünge an den Wänden des Schachtes erleichterten mir den Griff und Tritt und so kletterte ich hinab in eine sanft beleuchtete Höhle. In Nischen und Kerben branden kleine Feuer und beleuchteten die von Kristallen glitzernden Wände. Es musste das Innere einer gigantischen geologischen Druse sein. An der hinteren Wand stand ein gewaltiges Wesen. Sein Schatten bewegte sich durch die flackernden Feuer hektisch hin und her, wogegen das Wesen still an der Wand verharrte. Seine vier klauenbewehrten Beine waren mit dicken Ketten am Boden fixiert, der Hals steckte in einem eisernen Ring und war genauso mit einer Kette an der Wand gesichert. Um seinen Leib hielten metallene Bänder die gewaltigen angelegten Flügel zusammen. Es war ein Drache. Ein Drache, groß wie ein Kirchenschiff, jedoch mit nur einem Kopf und nicht, wie es die Sage berichtete, mit dreien.

»Tretet näher. Fürchtet euch nicht. Das Feuer in meinem Inneren ist fast erloschen.«

Langsam ging ich auf den Drachen zu, immer bereit, mich mit einem Sprung hinter einem der riesigen Kristallzacken, die aus dem Höhlenboden sprossen, vor einem etwaigen Feuersturm aus seinem Rachen in Sicherheit zu bringen. Doch der Drache griff mich nicht an. Beim Näherkommen bemerkte ich, dass er abgemagert wirkte, denn die Rippen traten unter den angelegten und fixierten Flügeln hervor. Dort, wo sein Körper mit den Eisenringen und -bändern gefesselt war, hatten sich eitrige Wunden gebildet, obwohl die Haut mit dicken Schuppen bedeckt war. Doch so, wie stetes Wasser den Stein höhlt, konnten offenbar auch die Ketten in den Jahrhunderten seiner Gefangenschaft, die Drachenhaut verletzen.

»Ich bin Azhi Dahaka und wie nennt Ihr Euch?«, fragte er mich. In seinen Augen flackerte rote Glut und sein heißer Atem stank furchtbar. Doch ich versuchte das abschreckende Äußere auszublenden und nur das Wesen zu sehen, das sich darin verbarg.

»Man nennt mich hier Kara Ben Nemsi«, antwortete ich gelassen und freundlich.

»Ihr scheint reinen Herzens zu sein, Kara Ben Nemsi, und Erfahrungen mit magischen Wesen gesammelt zu haben.«

»Ich kenne einige magische Wesen«, antwortete ich und dachte betrübt an vergangene Abenteuer zurück. »Doch leider fielen die meisten von ihnen der neuen Zeit zum Opfer.«

»So ist es, werter Kara Ben Nemsi. Und genau diese Einstellung machte Euch zu meinem Auserwählten. Ihr seid kein Feind der alten Wesen, sondern ein Freund.«

Ich wurde vorsichtig, denn offenbar wollte der Drache mich manipulieren, indem er mir schmeichelte.

»Das kommt auf das Wesen an«, antwortete ich. »Wenn es Gutes im Schilde führt, so bin ich bereit, mich dafür einzusetzen. Hat es jedoch böswillige Pläne, bekämpfe ich es.«

»So spricht ein wahrer Held«, schmeichelte der Drache mir erneut. »Und deshalb müsst Ihr mir helfen, guter Freund.«

»Als Freund mag ich Euch noch nicht sehen, verehrter Azhi Dahaka. Aber sagt mir, warum Ihr hier gefangen gehalten werdet.«

»Das liegt nur an der Angst der Menschen vor dem Unbekannten, dem Unbegreiflichen. Wir Drachen waren stets in ihrer Schusslinie, weil sie sich vor unserer Größe und der Macht des Feuers fürchteten. Deshalb rotteten sie uns aus, erfanden Schauermärchen über uns, das wir Jungfrauen rauben würden oder Dörfer in Schutt und Asche legen.«

»Und Ihr sagt, dass dies alles Lüge sei?«

»Jawohl. Es ist erfunden. Ich gebe zu, dass es sicher hier und da einen Artgenossen oder eine Artgenossin gab, die ein Schaf, eine Kuh oder vielleicht auch mal eine Jungfrau verschlangen. Aber das waren Ausnahmen. So etwas kam nur in großer Not vor und diese Not wurde vom Menschen erzeugt, weil er uns immer weiter in unwirtliche Gebiete drängte.«

»Nun ja. Das ist durchaus verständlich, aber wie sollte ich Euch trauen? Wenn ich Euch befreite, könnte ich die Schuld am Untergang der Welt auf mich laden.«

»Ich habe nicht vor, die Welt zu vernichten, denn es ist ebenso meine Welt. Aber der Mensch ist im Begriff uns magische Wesen zu vernichten, deshalb lasst mich frei, damit ich meinen Brüdern und Schwestern beistehen kann.«

Unschlüssig betrachtete ich das geschundene magische Wesen. Es tat mir leid, doch wusste ich nicht, ob es die Wahrheit sprach.

»Ihr zögert. Das ist verständlich«, sagte der Drache und lächelte. »Aber überlegt genau, wer hier der Lügner ist! Wir magischen Wesen oder der Mensch? Sagte man Euch nicht, ich hätte drei Köpfe und wäre verschlagen? Was seht Ihr?«

»Nur einen Kopf«, gab ich zu.

»Dann solltet Ihr das böse Spiel der Menschen durchschauen.«

»Ich bin selbst ein Mensch und darf nicht die Schuld des Untergangs meiner Spezies auf mich laden.«

»Das tut Ihr nicht. Ich schwöre Euch bei meiner Seele, dass ich den Menschen nichts tun werde. Aber wenn Ihr mich nicht befreit, werden meinesgleichen bald Geschichte sein.«

Er hatte recht. Ich habe auf meinen Reisen durch den Orient einige magische Geschöpfe kennen gelernt und ja, sie waren dem Untergang geweiht, denn die neue Zeit duldet neben Wissenschaft und Technik keine Magie.

»Gut. Ich will Euch vertrauen. Wie kann ich Euch befreien?«, antwortete ich. Im Inneren war ich allerdings weiterhin unsicher.

»Dort drüben auf dem Sims liegt ein magischer Schlüssel. Wenn Ihr ihn in das Schloss auf meiner Brust steckt, werden sich meine Fesseln öffnen.«

Zögerlich sah ich mich um, sah den Schlüssel und wog ihn bedächtig in der Hand. Wem sollte ich vertrauen? Dem angekettet geschundenen Geschöpf oder den Ängsten und Sagen der Menschen?

Ich atmete tief durch und steckte den Schlüssel ins Schloss.

Ein Blitz durchzuckte die Höhle und wurde tausendfach an den Kristallen reflektiert. Fast wurde ich geblendet von der unvermittelten Helligkeit. Und dann schüttelte sich Azhi Dahaka und die Ketten zerbröselten zu Staub. Er schüttelte sich erneut und aus seinem Hals wuchsen zwei weitere Köpfe.

Er hatte mich getäuscht!, fuhr es mir erschrocken durch den Kopf.

Der Drache streckte sich und bäumte sich auf. »Wir danken Euch«, sagten die drei Köpfe im Chor.

Dann breitete er die Flügel aus, packte mich mit einer Klaue und schoss hinaus durch den Schacht in den schwarzen Himmel über dem Elburs. Er kreiste über dem Gebirge, lachte schalend und glücklich.

»Ein wenig Lüge ist erlaubt, wenn es ums Überleben geht«, flüsterte er. Dann flog er zum Lager meiner Gefährten und Gefährtinnen, ließ mich fallen und entschwand in die Nacht.

Ich stürzte hinab und schlug hart auf dem Boden auf, wodurch ich die Besinnung verlor.

Am nächsten Morgen ging die Sonne hinter dem schneebedeckten Gipfel des Kūh-e Damāwand auf und tauchte ihn in goldenes Licht. Ich erwachte aus dem Schlaf oder der Bewusstlosigkeit. Mir war es nicht wirklich klar. Die Geschehnisse der letzten Nacht verschwammen wie die Erinnerung an einen Traum. Ich behielt das Erlebte für mich bis zum heutigen Tag, an dem die Welt noch immer existiert, sich aber die Worte des Drachen als nicht unwahr herauskristallisierten. Denn nicht die magischen Wesen waren Horte der Zerstörung, sondern der Mensch selbst.

Dieses Abenteuer von Kara Ben Nemsi
und Hadschi Halef Omar
war bis jetzt noch unveröffentlicht.

Ich habe darin den gleichnamigen
Mythos von Edgar Cayce eingeflochten.

Viel Spaß mit einem mystischen
Wüstenabenteuer.

DIE HALLE DER
AUFZEICHNUNGEN

»Sihdi!«

Ich wandte mich nach meinem Gefährten um, der einige Pferdelängen hinter mir ritt.

»Sihdi, wir hätten statt der Pferde lieber Kamele wählen sollen. Siehst du? Die Karawane kommt viel schneller vorwärts als wir.«

»Das ist wahr, lieber Halef.« Ich tätschelte Rihs Hals. »Aber ich werde dieses Land bald für längere Zeit verlassen, und wollte noch ein wenig Zeit mit meinem Rappen verbringen, den ich bedauerlicherweise nicht mit in die Heimat nehmen kann.«

Die Karawane, der wir uns angeschlossen hatten, war tatsächlich schon hinter einem Dünenkamm verschwunden. Da jedoch die Sonne sich dem Horizont zuneigte und sie bald das Lager aufschlagen würden, holten wir sie gewiss in absehbarer Zeit ein. Ich drosselte ein wenig das Tempo, sodass Halef aufholen konnte. Die Hufe unserer Pferde versanken tief im lockeren Sand dieses Wüstenabschnittes, allerdings war ich guter Hoffnung, dass sich das ändern würde, je näher wir Kairo kamen.

»Das verstehe ich«, antwortete Halef. »Doch du weißt, dass ich immer besonders gut auf Rih aufpasse während deiner Abwesenheit. Er erinnert mich stets an dich, denn mein Herz ist schwer, wenn mein Sihdi in fernen, mir unbekannten, Ländern weilt.«

Ich lächelte beschwichtigend. »Ich komme zurück, Halef. Sehr bald.«

Mein Gefährte versuchte gleichfalls ein verhaltenes Lächeln und ich sah ihm an, dass der nahende Abschied ihn schmerzte. Auch ich wurde wehmütig bei dem Gedanken. Andererseits freute ich mich auf meine sächsische Heimat und auf meine Freunde in Übersee, die ich in nächster Zeit beabsichtigte zu besuchen.

Wir ritten eine Düne hinauf, während die Sonne den Himmel in tiefes Rot tauchte. Auf dem Kamm bot sich uns ein herrlicher Ausblick über ein Sandmeer, welches aussah, als stände es in Flammen. Der Sonnenuntergang legte sich wie eine feurige Decke über die Wellen der unendlichen Wüste. Die Täler versanken in dunklem Schatten und die Dünenkämme glühten in Orangetönen. In einer der Senken gewahrte ich einige Palmen, die sich als Schattenrisse vor dem Glühen des Sandmeeres abzeichneten. Dazwischen lagerten Kamele und es herrschte hektisches Treiben. Zelte wurden errichtet, Feuer entfacht und sicherlich das Essen zubereitet. Die emsigen Menschen unserer Karawane waren nur als Schatten zu erkennen und zwei dieser Schemen entfernten sich von dem Lager. Das fand ich seltsam. Ich blickte kurz zu Halef und sein Ausdruck im Gesicht verriet mir, dass er die beiden Gestalten ebenfalls bemerkt hatte.

»Wo wollen die zur hereinbrechenden Nacht wohl hin?«, fragte er leise und runzelte die Stirn.

»Das ist mir genauso ein Rätsel, denn die Wasserstelle dieser Oase ist dort drüben zwischen den Zelten und keinesfalls in der Richtung, die diese Leute eingeschlagen haben. Dort, wohin sie gehen, ist nichts als Wüste.«

»Es ist wirklich merkwürdig, dass sich diese zwei aus dem Schutz der Karawane wagen. Sie könnten sich verirren, einem Sandsturm zum Opfer fallen, verdursten oder von Räubern gefangen und beraubt werden.« Halef strich sich nachdenklich über seine spärlichen Barthaare.

»Oder…«, entgegnete ich geheimnisvoll, »…sie sind selbst Räuber.«

Erschrocken über diese Erkenntnis, blickte mich Halef an. »Meinst du wirklich, Sihdi?«

Ich zuckte mit den Schultern.

»Was aber hätten sie dann bei der Karawane gewollt?«

»Vielleicht eine günstige und sichere Gelegenheit, ihren Zielort zu erreichen oder zumindest diesem nahezukommen.«

»Wir könnten sie verfolgen«, schlug mein Freund vor. »Und herausfinden, was sie im Schilde führen.«

Rih schnaubte und scharrte ungeduldig mit dem Vorderhuf. Ich dachte eine Weile über Halefs Vorschlag nach und im Grunde war ich einem kleinen Abenteuer gegenüber nicht abgeneigt. »Lass uns die Pferde zur Oase bringen, wo sie Wasser und Nahrung erhalten und sich ausruhen können. Dann verfolgen wir die zwielichtigen Gestalten zu Fuß und erkunden, was sie vorhaben.«

Halef nickte eifrig. Auch er schien sich auf ein kleines Abenteuer zu freuen.

Also ritten wir in die Senke, dem Wasserloch entgegen. Das Sonnenlicht berührte nun nur noch die höchsten Dünenkämme, und das Tal war dadurch schon in die Dämmerung der aufkommenden Nacht gehüllt. Die ägyptischen Händler, die den Großteil der Karawane ausmachten, hatten Zelte aufgestellt, deren helle Tuche leicht im Abendwind wogten. Die Lagerfeuer sendeten warmes Licht und ließen Schatten auf den Stoffbahnen tanzen. Das Gewirr von fröhlichen Stimmen drang zu uns und der Duft von köchelndem Eintopf und Minztee strömte herüber. Wir grüßten freundlich die lagernden Gruppen und führten unsere Pferde zur Tränke an das Wasserloch.

Essam Kahlil Essam, ein Kaufmann aus Kairo, der uns während der Karawane zurück in seine Stadt als Gäste in seinem Gefolge aufgenommen hatte, kam von seinem Lager zu uns herüber geeilt. »Effendi, kommt ans Feuer und probiert von den Köstlichkeiten, die mein Koch uns zubereitet hat. Genießen wir noch einmal die Ruhe einer Wüstennacht, bevor uns morgen der Trubel Kairos verschlingt.«

Ich verbeugte mich höflich. »Sehr gern, verehrter Sayyid Kahlil Essam«, antwortete ich. »Hadschi Halef und ich werde mit Freuden an Eurem Feuer Platz nehmen, sobald wir unsere Tiere versorgt haben.«

Kahlil Essam verbeugte sich ebenfalls lächelnd und eilte zurück zu seiner Gesellschaft. Einer seiner Diener nahm unser Gepäck und unsere Langwaffen an sich, um sie, wie jeden Abend, in unser Zelt zu tragen und darauf achtzugeben.

»Sihdi, wir könnten die Verfolgung auch verschieben«, murmelte Halef und fasste sich an den Bauch. Mit Verständnis bemerkte ich, dass er die Luft genüsslich durch die Nase einsog, die den Duft der Speisen von Kahlil Essams Feuer zu uns herübertrug.

Ich lachte leise. »Wenn wir uns beeilen, haben wir die Kerle in einer halben Stunde eingeholt. Sie schlichen recht langsam. Sicher wird später noch etwas von dem Mahl für uns übrig sein.«

»Wenn du meinst, Sihdi.« Ein wenig widerwillig wandte Halef sich von der Verlockung ab und wir huschten an der Wasserstelle vorbei. Ich schnappte mir eine nicht angezündete Fackel, die neben dem Sattelzeug der Kamele der Kaufleute lag und steckte sie in meinen Gürtel neben dem Revolver und dem Dolch. Nur für den Fall, dass das Mondlicht zu schwach war und wir die Fährte der zwei Davoneilenden nicht finden konnten. Doch es war nicht nötig, wie sich herausstellte. Der Mond ging im Süden auf, als wir den Dünenkamm im Norden des Lagers erreicht hatten. Er war noch nicht voll, aber reflektierte genug Sonnenstrahlen, damit sich die Spur der Männer deutlich vor meinen geübten Augen im Sand abzeichnete.

Mit dem Verlöschen des Sonnenlichts schwand auch zunehmend die Wärme des Tages. Doch da wir uns sehr anstrengen mussten, im Sand vorwärts zu kommen, konnten wir der Kälte der Nacht entgegenwirken. Unsere langen Gewänder waren ein wenig hinderlich beim Erklimmen der Dünen und es kostete mehr Kraft, als wir erwartet hatten. Der lose Sand bot zudem wenig Halt und so kam es vor, dass wir wieder ein Stück an einem der Sanderhöhungen hinabrutschten. Aber schließlich erreichten wir einen Dünenkamm, über den wir im Liegen hinwegspähten. Auf der anderen Seite rutschten die zwei Gestalten gerade den flacheren Hang hinab. Jetzt bemerkte ich, dass sie etwas mit sich trugen. Also mussten es tatsächlich Diebe sein.

Im Norden hatte der Himmel einen goldenen Schimmer am Horizont. Das waren die fernen Lichter Kairos. Vor diesem Schein, und zusätzlich vom Mondlicht beleuchtet, erkannte ich spitze Gebilde zwischen uns und der Stadt.

»Die Pyramiden von Gizeh«, entfuhr es mir. Welch wunderbarer Anblick waren diese Relikte aus weit entfernten Tagen einer hohen Zivilisation. Geheimnisvolle Gräber längst verstorbener Könige, die vom Vergänglichen erzählten. Und vor diesen Bauwerken gewahrte ich im fahlen Licht einen Kopf, der aus dem Sand ragte. Das musste die Sphinx sein, das unergründliche Wächterwesen mit Menschenkopf auf einem Löwenkörper.

»Ob sie zur Stadt eilen?«, fragte Halef und riss mich aus meinen Gedanken.

»Das ist gut möglich. Vielleicht sollten wir die Verfolgung hier abbrechen.«

»Aber, Sihdi. Jetzt, wo es spannend wird?«

Die Gestalten huschten eilig über die weite ebene Fläche. Der Boden war dort augenscheinlich fester, als der lockere Sand unter uns, denn nun kamen sie wesentlich schneller voran. Mir schien, dass ihr Ziel die Grabmäler waren.

»Na gut, Halef, verfolgen wir sie weiter«, antwortete ich. Zudem war ich neugierig, was sie der Karawane entwendet haben könnten. Mein Verdacht, dass sie Räuber waren, wurde zunehmend stärker.

Wir glitten den Abhang hinunter und rannten ihnen nach. Zwar bestand der Grund noch immer aus Sand, doch war er verdichteter als vorher. Die Körnchen knirschen unter unseren Sohlen. Von irgendwo wehte der sanfte Wind den Geruch verbrannten Holzes heran. Der Mond wurde von einer Wolke verdeckt und somit die Orientierung für uns erschwert. Aber der von der nächtlichen Stadt mit zartem Schein behauchte Himmel im Norden bildete einen genügenden Kontrast zu den Steinquadern und Pyramiden, die nun sehr nahe waren. Ein Leuchten aus einer Senke vor uns zog meine Aufmerksamkeit auf sich. Brannten dort Feuer? War das ein Lager? Vielleicht Verbündete der zwei Diebe?

Unverhofft glitt die Wolke vorüber und gab das Mondlicht erneut frei. Ich stoppte abrupt meinen Lauf. Neben mir kam Halef zum Stehen und ich vernahm einen Laut des Staunens aus seinem Mund. Auch ich war gefangen von dem Anblick, der sich uns bot, denn über uns wölbte sich der Kopf der Sphinx, beschienen vom Mond und von kleinen Feuern auf dem Boden. Mir war, als ob ihre Augen lebendig seien und mich verfolgten.

Sicherlich rührte das von den tanzenden Schatten her, die die flackernden Flammen erzeugten. Genau unter ihrem Gesicht, welches im zarten Mondschein fast unverwittert wirkte, hatte jemand gegraben. Ich wusste von alten Fotos, dass Anfang des Jahrhunderts versucht wurde, diese magische Gestalt aus dem Sand zu befreien und dass der Löwenkörper sichtbar war mit weit nach vorn gestreckten Pranken. Doch der Wind und die Zeit hatten sie erneut in Sand gehüllt, so dass nur Kopf und Rücken herausschauten. Jetzt hatte sich allerdings jemand die Mühe gemacht, den Bereich zwischen den Vorderpfoten freizugraben und mitten in diesem Raum klaffte im Boden ein quadratisches Loch. Drumherum leuchteten kleine Feuer in metallenen Schalen.

»Was ist das, Sihdi? Ein Geheimgang?«, flüsterte Halef.

»Gut möglich, Halef. Wir werden es herausfinden.«

»Das glaube ich nicht!«, zischte eine Stimme.

Erschrocken wandte ich mich um. Hinter uns stand ein Mann und zielte mit einer Pistole auf uns.

Meine Hand zuckte zum Gürtel, doch da hörte ich neben meinem Ohr das Klicken eines Spannhahns. Im Augenwinkel bemerkte ich, wie Halef seine Waffe auf den Boden warf und die Hände hochnahm. Ich hatte keine andere Wahl, als es ihm gleich zu tun, denn mit einer Gewehrkugel im Kopf konnte ich das Geheimnis dieser Leute nicht lösen.

Erwartungsvoll musterte ich die dunkle Gestalt vor mir. Sie trat einen Schritt nach vorn und der Schein einer der Feuerschalen enthüllte sein Gesicht. Innerlich zuckte ich zusammen, denn der Mann, dessen Haupt von einer

Kufija bedeckt war, die ein schwarzer Agal fixierte, starrte mich aus diabolischen Augen an, die mir nicht unbekannt waren.

»Eurem Blick entnehme ich, dass Ihr glaubt, mich zu kennen, Kara Ben Nemsi.« Er grinste siegessicher.

Ich nickte zustimmend, während ich noch immer die Hände in Brusthöhe hielt. »Ihr gebraucht viele Namen. Einer davon ist Abrahim-Mamur. Doch Ihr seid tot.«

»Das ist wahr, Giaur. Abrahim-Mamur ist tot. Ich bin Abrahim-Arafim, sein Zwillingsbruder.«

»Nenn meinen Sihdi nicht einen Giaur. Er glaubt genauso wie du an einen Gott«, hörte ich Halef knurren.

Es amüsierte mich, denn er bezeichnete mich zuweilen selbst so.

»Das interessiert mich wenig«, erwiderte das Abrahim-Mamur-Ebenbild.

War er wirklich der Bruder dieses Verbrechers? Ich hatte nie von ihm gehört.

»Im Moment ist mir ganz recht, wenn ich von Ungläubigen umgeben bin und Allah sein Auge auf andere Dinge wirft. Denn ich bin im Begriff den größten Schatz dieser Welt zu heben.«

»Ach wirklich?«, fragte ich ehrlich verblüfft. »Was ist das für ein Schatz?« Wieso die Menschen stets nach glitzerndem und glänzendem Tinnef strebten, war mir ein Rätsel. Doch mit einem Gewehrlauf am Kopf hatte ich wenig Muse, dieses Phänomen zu überdenken.

»Das, Kara Ben Nemsi, finden wir sogleich heraus.« Er hob den Zeigefinger, wie ein Oberschulrat. »Und wenn Ihr keine Dummheiten macht, lieber Nemsi, werde ich Euch an meiner Entdeckung teilhaben lassen.

Zumindest kurz und dann könnt ihr diese schöne Erinnerung mit hinüber ins Jenseits nehmen, nachdem ich Euch eine Kugel ins Herz geschossen habe, um meinen Bruder zu rächen.« Die Feuer aus den Schalen vor unseren Füßen spiegelten sich in seinen Augen, was den Eindruck erweckte, dass darin Flammen loderten.

»Das sind wahrhaftig schöne Aussichten, Abrahim-Arafim. Aber irrt Euch nicht. Die Wege Eures Bruders und mir hatten sich mehrmals gekreuzt und er hatte sein Vorhaben, mich zu töten, nie umsetzen können. Warum glaubt Ihr, dass Euch das gelingen sollte?«

»Ich habe aus den Fehlern meines Bruders gelernt. Ich werde Euch nicht unterschätzen!«

In diesem Moment grollte ein Donnerschlag aus den Tiefen des Erdreichs und eine Staubwolke entstieg dem quadratischen Loch. Die Erde vibrierte und kleine Steine rieselten vom Haupt der Sphinx. Aus der Öffnung im Boden schob sich ein Kopf. Das Haar unbedeckt von Tuch jedoch voll des Staubes.

»Herr! Sayyid Abrahim-Arafim, ich habe einen Eingang freigelegt.«

»Allah sei's gedankt!«, Abrahim-Arafim hob die Hände gen Himmel wie im Gebet. »Kommt!«, rief er überschwänglich und eilte zum Zugang in den Untergrund unter den Pranken der Sphinx.

Mein Bewacher stieß mir den Gewehrlauf in die Rippen und nötigte mich, Abrahim-Arafim zu folgen. Halef erging es ebenso. Der ägyptische Bandit verschwand in der Tiefe der Erde. Ich blickte vom Rand des Loches aus hinab und erkannte eine Leiter.

»Kommt herunter, Nemsi!«, hörte ich Arafim rufen.

Widerwillig, aber gleichfalls neugierig, folgte ich dem Mann, der mich nach dem Tod seines Bruders nun offenbar als seinen Erzfeind betrachtete. Ich hatte unweit von Kairo, also hier in der Nähe, die junge Senitze aus den Händen seines Bruders befreit und ihrem Verlobten wiedergebracht. Das hatte dieser mir nie verziehen und Blutrache geschworen. Ich hoffte, dass auch sein Bruder Arafim nicht erfolgreich sein würde, doch sah ich im Moment keine Gelegenheit zur Flucht oder zu einem Angriff auf ihn. Er war, im Gegensatz zu Halef und mir, bewaffnet. Zudem umringte ihn eine Schar Untergebener, die ihm als Diener und Wächter getreu waren. Also wartete ich zunächst ab, denn der Fund in der Tiefe unter der Sphinx weckte mehr meine Neugier als Arafims Androhungen meine Todesangst.

»Geteilte Freude ist doppelte Freude«, rief mir Abrahim-Arafim entgegen, während ich auf der wackeligen Leiter zu ihm hinunterkletterte. Er wollte demnach seinen Triumph voll auskosten, indem er mir einen Schatz präsentierte, bevor er gedachte, mir das Lebenslicht auszuknipsen. Aber ich hatte nicht vor, in den Katakomben unter der Sphinx von Gizeh meinen letzten Atemzug auszuhauchen. Ich würde einen Weg finden, diesen Ganoven zu überwältigen. Zudem war mein guter Halef an meiner Seite. Ich vernahm sein missmutiges Schnaufen, als er über mir auf der Leiter abwärts stieg.

Unten angekommen fand ich mich in einem dunklen Gang wieder. Abrahim-Arafims Fackel beleuchtete Wände, die aus großen Steinquadern gemauert waren, die denen der Pyramiden glichen. In der Luft hing noch der Brandgeruch der Explosion. Der Wächter mit dem Gewehr ließ mich keinen Moment aus den Augen. Halef konnte ich nicht sehen, da der Gang so schmal war, dass wir wie die Gänse hintereinander hergehen mussten. Zwischen mir und meinem Freund befanden sich zwei oder drei der Gefolgsleute des Ägypters. Jedoch hörte ich, wie Halef unseren Entführern furchtlos Verwünschungen an den Kopf warf. Also folgte ich dem Licht der vor mir her tänzelnden Fackel des ägyptischen Banditen den abschüssigen Weg hinab in eine mir unbekannte Unterwelt.

Der Gang weitete sich nach einiger Zeit zu einer kleinen Kammer, deren Boden mit Geröll bedeckt war. Die Wand entstellte ein unregelmäßiges Loch. Ich vermutete, dass es das Ergebnis der Sprengung war. Aus diesem Durchbruch schaute erneut ein Kopf hervor. Er gehörte augenscheinlich dem gleichen Mann, der schon aus dem Bodenloch zwischen den Vorderpranken der Sphinx hervorgelugt hatte.

»Kommt, Herr. Hier ist der Weg!«, forderte er seinen Herrn auf und das Feuer der Fackel spiegelte sich in seinen erfreut dreinblickenden Augen.

Abrahim-Arafim folgte ihm und ich folgte wiederum dem Banditen. Wir traten in eine Halle ein. Ich hörte es mehr am Widerhall unserer Schritte, als dass ich es im Dunkel sehen konnte.

Der Ägypter schwang die Fackel hin und her, doch das Licht erreichte keine Wände. Links und rechts des Durchbruchs standen metallene Schalen auf kleinen Steinsäulen. Abrahim-Arafim hatte anscheinend den gleichen Gedanken wie ich, denn er tauchte die Fackel in jene flachen Gefäße und augenblicklich schossen Flammen empor. Glühende Ströme flossen in einer Rinne an den Wänden entlang und entfachten weitere Feuer in Schalen. Mit jedem Meter, die das Feuerrinnsal weiterfloss, beleuchtete es mehr und mehr dieses gewaltigen unterirdischen Saals. Und was ich erblickte, war weit mehr, als ich erwartete und es war nicht das, was Abrahim-Arafim sich erhoffte.

»Was ist das? Bei Allah! Wo sind Gold und Silber und Edelsteine?«, brüllte der Ägypter verständnislos. Obwohl die Halle nun hell erleuchtet war, schwang er weiterhin die Fackel, als könne er nicht richtig erkennen, was dort lagerte.

Ich dagegen sah sehr wohl, was wir gefunden hatten und eilte zum nächststehenden Regal, das in respektvollem Abstand zur Feuerrille aufgebaut war. Mit angespannter Freude zog ich eine Pergamentrolle heraus und entfaltete sie. Darauf war die Karte von Eurasien zu sehen mit sorgfältig eingezeichneten Routen von West nach Ost – die Seidenstraße. Ich rollte das Pergament wieder zusammen und entrollte das nächste. Diesmal offenbarte sich vor mir ein menschlicher Körper, geöffnet und mit Bezeichnungen der inneren Organe in einer Schrift, die mir unbekannt war. Das nächste Pergament enthielt einen Text aus ägyptischen Hieroglyphen, das weitere eine Bauzeichnung einer Pyramide, wie man sie in Südamerika fand, andere zeigten Pflanzen, Tiere und erneut Karten, Bauwerke und Texte – Texte in den verschiedensten Sprachen.

Während Abrahim-Arafim wütend, schreiend durch die Halle rannte und die Schriftrollen aus den Regalen riss, befand ich mich gleichermaßen in einem Rausch. Denn was Arafim nicht erkannte, war, dass dies hier ein noch viel größerer Schatz war als Gold und Edelsteine. Es war ein Schatz des Wissens. Eine Bibliothek. Es war die sagenumwobene Halle der Aufzeichnungen. Ich lachte fast hysterisch bei dieser Erkenntnis.

Mein Lachen echote durch den gewaltigen Saal mit den unendlichen Reihen an Regalen und unzähligen Schriftrollen aus vergangenen Epochen, mit alten dicken Büchern, die vielleicht von Mönchen des Mittelalters geschrieben waren, von Steintafeln und Schiefertafeln und bemalten Tierhäuten aus allen bekannten Kontinenten. Ich fühlte mich wie im Paradies.

Halef, der nun neben mir stand, blickte mich verständnislos an. »Was ist mit dir, Sihdi?«, fragte er besorgt.

Bevor ich antworten konnte, brüllte Arafim: »Ihr wagt es, mich auszulachen, Kara Ben Nemsi!«

»Mit Nichten, verehrter Abrahim-Arafim. Ich lache vor Freude.« Und das war nicht gelogen. Überall Schriftrollen, Bücher, Karten, Pergamente.

»Freude? Was ist Erfreuliches an diesem Kram? Ich hatte einen Schatz erwartet.«

»Aber das ist ein Schatz!«

»Das ist Tinnef. Papiere. Plunder. Weiter nichts.«

»Das ist Wissen, Abrahim-Arafim. Einen größeren Schatz kann es kaum geben.« Ich drehte mich mit ausgestreckten Armen im Kreis. Wie konnte ein einzelner Mensch all dieses Wissen erfassen?

»So etwas kann nur ein Giaur sagen.«

»Nein, das hat nichts mit Glauben zu tun. Das sind wissenschaftliche Erkenntnisse aus allen Jahrhunderten der Menschheit. Von sämtlichen Kontinenten der Welt. Vielleicht lagern hier sogar die Reste der Bibliothek von Alexandria.«

Abrahim-Arafim packte eine der Rollen und zerriss sie in tausend Stücke. Wie Schnee warf er die Schnipsel in die Luft, damit sie sanft auf uns herabrieselten. »Das alles bedeutet mir nichts!« Wütend stieß er eins der Regale um und die Schriftrollen verteilten sich auf dem Boden.

Ich bückte mich, um einige der Pergamente aufzuheben und vor seiner Zerstörungswut zu retten. Mir blutete das Herz und gleichzeitig überkam mich Wut. Ich sprang vor und packte ihn mit der freien Hand an der Kehle. Das hatte er nicht erwartet, wie ich seinem schockierten Blick entnahm. Er wedelte mit den Armen, als würde er Zeichen geben.

Plötzlich gellte ein Schuss auf. Ich wand mich mit ihm im Griff um und sah, wie Halef mit einem der Banditen rang. Wahrscheinlich hatte dieser auf mich angelegt und mein Freund konnte durch sein beherztes Eingreifen den Weg der Kugel ablenken, die mich hätte treffen sollen. Die anderen der Bande stürzten nun ebenfalls herbei. Ich stieß Arafim von mir, um mich gegen die Angreifer wehren zu können. Der Ägypter landete unsanft auf dem Steinboden mitten zwischen den herabgeworfenen Schriftrollen.

Bevor es jedoch zu einem Kampf zwischen uns kam, begann plötzlich das Licht zu flackern, dann schoss ein heller Strahl aus dem hinteren Bereich der Halle heraus und warf einen riesigen Schatten an die Wand in der sich das Eingangsloch befand. Der Schatten hatte auf den ersten Blick menschliche Gestalt und hielt einen Stab in der Hand. Auf den zweiten Blick bemerkte ich jedoch, dass der Kopf nicht der eines Menschen war, sondern einen großen Schnabel hatte. Es war der Kopf eines Vogels – des Ibis! Der Schatten war ...

»Thot!«, echote eine Stimme durch die unterirdische Bibliothek. »Ich bin Thot, der Gott der Schreiber, der Wissenschaft und der Weisheit. Wer wagt es, mein Reich zu betreten?«

Einer von Abrahim-Arafims Leuten begann hysterisch zu schreien. Er hechtete durch das herausgesprengte Loch in der Wand und floh. Der Ägypter selbst stand unweit von mir und starrte auf den bedrohlichen überdimensionalen Schemen. Halef war ebenfalls vor Schreck erstarrt. Ich wand mich langsam um und versuchte mit der Hand die Augen gegen das blendende Licht abzuschirmen. Es gelang mir so weit, dass ich erkennen konnte, dass die Gestalt, die den Schatten Thots warf, bei weitem nicht so gewaltig war, sondern kaum größer als ein Mensch – vielleicht ein Mensch mit einer Ibismaske auf dem Kopf. In dem Lichtstrahl teilte sich der Schemen des Thot und eine weitere Silhouette trat aus dem Strahl heraus, die eindeutig menschlich war. Es war eine Frau in einem weißen langen Gewand mit schwarzem Haar, das in kunstvoll geflochtenen Zöpfen über ihre Schultern hing.

Abrahim-Arafim stöhnte laut auf und ging rückwärts in Richtung des Ausgangs. Abwehrend hielt er die Arme vor sich.

Die Frauengestalt kam näher. Sie trug, wie der Schatten-Thot einen Stab in der Hand. »Wir sind Djehuti, die Diener Thots«, erklärte sie mit glockengleicher Stimme. Hinter ihr erschienen noch weitere dieser Frauen, fast wie Zwillinge muteten sie an. »Seit Jahrhunderten beschützen wir diesen Ort und tragen hier das Wissen der Welt zusammen. Wer es wagt, dieses Wissen zu zerstören, oder zu rauben, ist des Todes!« Sie stieß ihren Stab auf die Erde und ein Donner erscholl, begleitet von einem Blitz.

Es sollte magisch aussehen und uns erschrecken. Was bei dem Ägypter und seiner Bande auch funktionierte. Doch der Geruch von Schwefel sagte mir, dass hier Chemie am Werk war und keine Magie. Trotzdem waren diese unbekannten Wächterinnen nicht ungefährlich.

Arafim floh durch den aufgesprengten Durchgang. Seine Gefolgsleute rannten ihm nach. Die Djehuti verfolgten sie nicht.

Ich war unschlüssig und legte die Schriftrollen, die ich noch in der Hand hielt, zurück in eines der Regale.

»Wie nennt man Euch?«, fragte die Anführerin der Djehuti.

»In diesem Teil der Welt werde ich Kara Ben Nemsi genannt und das ist mein treuer Gefährte Hadschi Halef Omar.«

»Ihr scheint mir rechtschaffene Leute zu sein. Also geht in Frieden und bewahrt das Geheimnis der Halle der Aufzeichnungen für euch.«

Ich nickte zustimmend und verbeugte mich. Auch Halef zeigte ihr seine Ehrerbietung. Der Schatten des

Thot war verschwunden und die Feuer in den Schalen und Rinnen begannen zu erlöschen.

»Geht, wenn Euch euer Leben lieb ist«, betonte sie noch einmal.

Ich überlegte nicht lange, denn warum sollte ich mich mit diesen Frauen anlegen? Sie bewahrten unendliches Wissen und hatten sicherlich nichts Böses im Sinn. Also eilte ich mit Halef hinaus aus dem Durchbruch. Beim Vorübergehen entzündete ich die Fackel, die ich aus dem Wüstenlager mit mir genommen hatte, an einer der Feuerschalen. Dies war durchaus ein vorausschauender Gedanke, denn der Gang, durch den wir rannten, wäre ohne die Flamme in meiner Hand, schwarz wie die Nacht gewesen. Das Licht zeigte uns die Leiter nach oben, die die Banditen zum Glück nicht entfernt hatten. Wahrscheinlich hatte der Schock über das Erscheinen des ägyptischen Gottes ihren Verstand getrübt.

Kaum waren Halef und ich oben aus dem Durchbruch geklettert, erschütterte eine Explosion den Wüstenboden. Die Leiter stürzte in die Tiefe, und nicht nur sie. Wie ein Loch aus Treibsand, bröckelte der Boden unter uns. Ich packte meinen Freund am Ärmel und zog ihn mit mir. Wir hasteten zwischen den ausgestreckten Füßen der Sphinx entlang. Von Abrahim-Arafims und seiner Bande war nichts mehr zu sehen. Wieder explodierte etwas hinter uns und Steinbrocken flogen uns um die Ohren. Halef stürzte durch die Druckwelle einige Meter hinter mir zu Boden und als ich mich nach ihm umwandte, erblickte ich noch, wie die Nase der Sphinx durch die Erschütterung abbrach und hinabfiel. Der Boden sackte ein und verschlang das steinerne Riechorgan sowie das quadratische Loch. Dann prallte etwas gegen meinen Kopf und beförderte mich in die Schwärze der Bewusstlosigkeit.

Etwas Feuchtes berührte meine Wange. Licht drang durch meine Lider. Ich öffnete die Augen und blickte in das Gesicht eines Kamels, das mir mit der Zunge übers Gesicht geleckt hatte. Angewidert zuckte ich zurück und mühte mich in die Hocke.

»Was habt Ihr hier getrieben, verehrter Kara Ben Nemsi?«

Ich blickte hoch und erkannte den Kaufmann Essam Kahlil Essam, der auf dem Kamel saß und mich anlachte. Er reichte mir einen Wasserbeutel. Hinter ihm zog die Karawane Richtung Kairo.

Noch immer benommen erhob ich mich, klopfte den Sand aus meinem Gewand und nahm das Wasser dankend an.

»Wir haben letzte Nacht Diebe verfolgt«, antwortete ich, nachdem ich einige Schlucke des kühlen Nassen getrunken hatte.

»Diebe? Wie interessant. Habt Ihr sie gestellt?«

»Zunächst ja, doch leider überwältigten sie uns.«

»Das tut mir leid. Aber wie es scheint, habt Ihr den Angriff wohlbehalten überstanden.«

»Ich tastete mich ab und blickte mich um. »Meine Waffen sind allerdings dahin.«

»Ich werde Euch den Verlust ersetzen, denn es wurde tatsächlich etwas aus meinem Besitz gestohlen und ich möchte Euch danken, dass Ihr versucht habt, diese Gauner zu fangen.«

In diesem Moment kam Halef auf seinem Pferd ange-ritten und führte meinen Rih am Zügel. Ich war froh, meinen Gefährten wohlbehalten zu sehen.

»Sihdi, Allah sei Dank, dass du wieder unter uns weilst. Als ich wusste, dass du atmest und dein Herz schlägt, erlaubte ich dem Sayyid Kahlil Essam, dich mit Wasser zu versorgen, damit ich unsere Pferde holen konnte. Man weiß nie, wer in einer solchen Karawane mitwandert. Es könnten Pferdediebe dabei sein.«

»Da hast du recht, lieber Halef. Meinen Rih möchte ich nicht auf diese Weise verlieren.« Das Pferd schnaub-te, als verstünde es meine Worte, und ich schwang mich auf seinen Rücken.

»Darf ich fragen, was gestohlen wurde, Sayyid Kahlil Essam?«

»Dynamit, Effendi. Ich hatte eine Kiste Dynamit für den Bergbau unter meinen Waren.«

»Bedauerlich, dass ich Euch den Sprengstoff nicht wiederbeschaffen konnte. Ich hoffe, dass die Diebe da-mit nichts Gemeines im Schilde führen.«

»Wahrscheinlich tun sie das. Warum sonst sollten sie es gestohlen haben. Allerdings vernahmen wir den Donner von Explosionen in der Nacht, was mich annehmen lässt, dass das Dynamit schon eingesetzt wurde. Habt Ihr hier nichts bemerkt?«

Ich blickte mich um. Im Licht der aufgehenden Sonne erkannte ich die Sphinx. Ihr Kopf, ein Stück des Halses und der Rücken ragten aus dem Sand. Von Grabungen oder gar Beinen und Pranken war nichts zu sehen. Auf-fällig war nur, dass dem menschlichen Gesicht des Wächterwesens nun die Nase fehlte. Aber trügte mich an dieser Stelle meine Erinnerung? Ich wusste, dass die Nase der Sphinx schon vor fünfhundert Jahren abgeschlagen worden war. Wie konnte ich dann ihre Zerstörung beobachtet haben?

»Nein, von Explosionen weiß ich nichts«, log ich. »Vielleicht waren Halef und ich schon außer Gefecht gesetzt, als die Diebe ihr Werk verrichteten. Aber was sollten sie hier sprengen?«

»Ach wisst Ihr, verehrter Kara Ben Nemsi, die Pyramiden von Gizeh waren schon seit alters her ein Magnet für Grabräuber, Schatzsucher und Glücksritter. Es gibt genügend Legenden von unermesslichen Schätzen, die hier in Gizeh vergraben sein sollen. Wer weiß schon, was diesen Leuten im Kopf herumgeistert. Ich bin der Meinung, man soll ruhen lassen, was hier ruhen mag. Nur durch ehrliche, fleißige Arbeit gelangt man zu dem Wohlstand, den man verdient.«

»Dem ist nichts hinzuzufügen, verehrter Essam Kahlil Essam.«

Einige Tage später standen Halef und ich am Kai von Port Said. Es war die Zeit des Abschieds gekommen.

»Glaubst du, dass diese Bibliothek auf ewig verschwunden ist? Mir kommt das Geschehene fast wie ein Traum vor, Sihdi.«

»Ja, es wirkt recht surreal, wenn man am hellen Tag darüber nachsinnt. Aber es war echt und ich hoffe, dass all diese Pergamente nicht verloren sind.«

»Das hoffe ich auch.«

Das Schiff am Kai blies das Horn zum zweiten Mal und nun konnte ich das an Bord gehen nicht länger hinauszögern. Auch Halef wurde das klar.

»Leb wohl, Sihdi und pass auf dich auf – da draußen in der Welt der Ungläubigen.«

Ich legte Halef meine Hand auf die Schulter. »Und du, mein Freund, pass auf dich auf, auf Hanneh und auf meinen Rih. In wenigen Monaten sehen wir uns wieder, da bin ich mir gewiss.«

»Ich werde den Tag herbeisehnen.«

»Ich ebenfalls.«

Seine Augen nahmen einen feuchten Glanz an, den ich noch nie an ihm gesehen hatte. Schwermut drückte mir auf der Seele, doch wusste ich, dass wir uns bald wiedersehen würden. Denn unter allen Menschen hier im Orient war keiner mir so ans Herz gewachsen wie mein Hadschi Halef Omar Ben Hadschi Abul Abbas Ibn Hadschi Dawuhd al Gossarah.

Bis auf den heutigen Tag habe ich über die Ereignisse an der Sphinx geschwiegen, um nicht weitere Glücksritter zu animieren, unter dem Wächterwesen zu graben. Aber sollten wir dieses Wissen wirklich der Dunkelheit des Vergessens überlassen? Ich bin mir nicht sicher, was der richtige Weg ist. Und vielleicht hat der Sand der Wüste schon längst die Pergamente verzehrt. Doch tief in mir hoffe ich, dass die Djehuti die Aufzeichnungen beschützten und diese irgendwann den Menschen nützlich sein werden.

Die Geschichte wurde 2020 für die
Anthologie *Kaffee Orakel*
des Machwerke Verlag geschrieben.

Ich habe die Geschichte des Kaffees mit
fantastischen Elementen
zu einem Märchen verwoben.

DAS VERBOTENE GETRÄNK

(EIN MÄRCHEN, ODER VIELLEICHT AUCH NICHT)

Man nennt mich Jusuf, den Geschichtenerzähler. Mit meinem Federkiel halte ich die Geschichten fest, die sich um mich herum abspielen. Manche sind wahr, einige sind ein wenig ausgeschmückt, um Euch zu gefallen. Diese, die ich Euch heute berichten möchte, mögt Ihr glauben oder nicht. Ich versichere Euch jedoch, dass sie sich so zutrug – mehr oder weniger zumindest.

Wir schrieben das Jahr 1044 nach Hidschra und ich saß in Ḳusṭanṭīniyye auf einem Platz nahe dem Palast unseres Sultans Murad IV.

»Heute werden Köpfe rollen, Jusuf«, raunte mein Freund Omar, ein alter Gewürzhändler, und sah mich mit wissenden Augen an. »Dort, bei der Blutstelle auf dem Platz. Hast du die Soldaten gesehen?«

Ich nickte betrübt. Denn all zu oft waren es keine Mörder sondern arme Ganoven, die ihr Dasein durch kleine Diebstähle finanzierten und hier ihr Leben ließen.

»Der Sultan ist ein harter Herrscher«, murmelte ich.

»Man sagt«, entgegnete Omar, »er sei als kleiner Junge auf den Thron gestiegen und man habe ihm all die Jahre übel mitgespielt. Seine Truppen haben rebelliert, seine Untertanen haben seinen Großwesir gesteinigt und seine Mutter hat das Reich regiert.«

»Und nun, da er an die zweiundzwanzig Lenze zählte, will er sich behaupten?«

»So ist es wohl, Jusuf. Schlage einen Hund lange genug und er wird beißen. Er hat wohl aus diesen Erfahrungen nur eins gelernt: Dass seine Untertanen nur mit Strenge und Richtschwert zu beherrschen sind.«

»Vielleicht würde ein wenig Güte guttun«, murmelte ich und seufzte.

Jedes kleinste Vergehen konnte den Tod zur Folge haben. Ob das unseres Herrschers würdig war? Auch an dem Tag, von dem ich Euch berichte, waren erneut Hinrichtungen angesetzt und der Platz trug in seiner Mitte schon seit Jahren einen dunklen Fleck vom Blut der Enthaupteten.

Trotz der grausamen Zeugnisse in der Mitte des Platzes machte die Stadt einen sommerlich gemächlichen Eindruck. Bunte Tücher beschatteten den kleinen Tisch mit dem dampfenden Tee, an dem ich mich mit Omar niedergelassen hatte. So heiß wie mein Tee war auch die Luft. Die Sonne des osmanischen Sommers ließ die Mosaike auf dem Boden flimmern.

Omar wischte sich den Schweiß von der Stirn. »Diese Hitze! Sie tötet selbst die Vögel in der Luft.«

Tatsächlich war nirgends ein Tier zu erblicken, kein Vogel glitt über den Himmel. Selbst die Menschen versteckten sich im Schatten. Die Händler und Barbiere in den Arkaden entlang des Platzes verhüllten die Fenster und Türen ihrer Läden, um sie vor der Sonne des Mittags zu schützen. Doch nicht nur vor der Sonne, sondern auch vor neugierigen Blicken.

»Man sagt, es sei diesmal wieder ein Kahvecibasi dabei.«

Ich machte große Augen, denn ich wusste, dass nicht jeder Barbier hier war, was er vorgab zu sein. Manche von ihnen übten die alte Tradition eines Kahvecibasi – eines Kaffeekochers – aus. Vor langer Zeit, unter Sultan Süleyman dem Prächtigen, war dies ein angesehener Beruf gewesen. Nun jedoch wurde er im Dunkeln ausgeübt, denn es war bei Todesstrafe verboten, sich an dem schwarzen Getränk zu laben. Auch ich konnte dem nicht immer widerstehen und kannte deshalb einige, die dieses Handwerk weiterpflegten. Unruhe erfasste mich.

Soldaten marschierten auf und in ihren Reihen erblickte ich drei Delinquenten, die heute ihren letzten Gang antraten. Zwei waren Mörder und der Dritte ein junger Bursche, kaum älter als der Sultan selbst. Ich kannte ihn und erschrak.

»Das ist Hüsan, der Sohn meines Barbiers«, flüsterte ich.

Omar schüttelte betrübt den Kopf. »Der Arme wird wegen seiner Liebe sterben.«

»Wie meinst du das, Omar?«

Die Menschen murmelten und raunten, sodass ich meine ängstliche Neugier nicht zu zügeln vermochte und meinen Hals reckte, um zwischen die Schaulustigen hindurchblicken zu können. Alsdann flüsterte mir Jusuf zu:

»Der arme Bursche hatte seiner Braut Samira gefallen wollen und ihr deshalb heimlich geröstete Kaffeebohnen zum Geschenk gemacht. Doch Ismir hat dies beobachtet und denunzierte Hüsan bei den Beamten des Sultans, die ihn kurz darauf von Soldaten abholen ließen.«

»Dieser Hund. Warum tat er das?« Ich konnte solchen Verat nicht verstehen.

»Samira hatte ihn einst abgewiesen. Der Narr konnte es nicht ertragen. Wahrscheinlich war es Eifersucht und er wollte nun Rache nehmen.«

»Wie kann Allah dies zulassen?«, murmelte ich betrübt. »Des Todes wegen Kaffeebohnen. Weiß Samira davon?«

»Ja, ihr Jammern und Flehen nutzte nichts. Die Soldaten zerrten Hüsan von ihr weg. Er ist des Todes.«

»Da!«, Omar wieß auf die andere Seite des Platzes. »Das Mädchen im weißen Gewand der Unschuld ist es.«

An diesem sommerlichen Tag kam nun auch Samira zu der Hinrichtung des Liebsten. Ich gewahrte ein Säckchen in ihrer Hand. Entschlossen löste sie sich aus der Menge und schritt dem Herrscher entgegen. Demütig kniete sie vor dem Sultan nieder, der auf einem weißen Pferd saß und dem Schauspiel zusah.

»Großer Herrscher, ich bitte Euch um Gnade für Hüsan«, flehte sie um das Leben ihres Bräutigams.

»Seine Liebe war es, die ihn verleitete, das Verbot zu brechen.«

Doch der Herrscher war nicht zu erweichen. »Gesetz ist Gesetz«, verkündete er mit kalter Stimme. Er hob die Hand zum Zeichen und die Köpfe der Mörder rollten über die Steine und nun sollte Hüsan an der Reihe sein.

Samira schluchzte. »Ich bitte Euch, erhabener Sultan. Habt Erbarmen.« Samira weinte so bittere Tränen, dass der Sultan ihr erlaubte, sich von ihrem Liebsten zu verabschieden.

So ging sie zu ihm hin und beide saßen auf den blutigen Steinen des Platzes. Sie schüttete einige der Bohnen aus dem Säckchen in ihre Hand. Ihr Tränen benetzten die gerösteten Kerne.

Ein Raunen des Mitleids ging durch die Menge. Und dann legte sich eine bedrückende Stille über den Platz. Es war so still, dass man das Flüstern der Liebenden bis in die hinteren Reihen vernehmen konnte.

»Hüsan, mein Geliebter«, hauchte Samira und nahm seine gefesselten Hände in die ihren. »Ich habe die Kaffeebohnen, die du mir zum Geschenk gemacht hast hier. Soll Allah darüber entscheiden, ob er uns leben oder sterben lässt. Ich will nicht ohne dich sein.«

Und gerade, als der Henker ihr den Liebsten entreißen wollte, gab sie ihm zum Abschied ein paar der braunen Kaffeebohnen zu essen. Sie selbst nahm ebenfalls einige davon in den Mund.

Die Liebenden fielen sich in die Arme und ein seltsamer Schein begann sie zu umhüllen, ein magisches Flimmern. Da schreckte der Scharfrichter zurück, denn das Glühen wuchs zu einem gleißendes Licht. Die

Menge gab erschreckte Schrei von sich. Federn wuchsen aus Samiras uns Hüsans Schutern. Wo gerade noch Arme waren, reckten sich Flügel. Vor unsere aller Augen begannen sich die Liebenden zu verwandeln. Als das Licht verglühte, waren Hüsan und Samira verschwunden. An ihrer Stelle saßen zwei wunderschöne weiße Tauben. Die Menge stieß erstaunte Schreie aus und die Tauben flatterten hoch in die Luft.

So trug es sich zu, dass Samira ihren Bräutigam Hüsan durch ihre Liebe und die Kaffeebohnen vor dem Tod bewahrte. Von nun an lebten sie als Tauben auf dem Platz. Der Kaffee jedoch zog weiter in die Welt und eroberte über Venedig, Marseille, Paris, Wien und London ganz Europa. Und wenn ihr heute an einem schönen Platz sitzt, euren Kaffee, Cappuccino, Latte Macchiato oder Espresso genießt und den Tauben zuseht, dann verscheucht sie nicht. Denn es könnten Samira und Hüsan sein oder zumindest ihre Nachfahren.

Ihr fragt, ob es sich tatsächlich so zutrug? Würde ich Euch anlügen? Trinkt Euren türkischen Kaffee aus und blickt in den Satz am Tassenboden, dann werdet Ihr, die Wahrheit erkennen.

Die Geschichte entstand zum
80. Geburtstag von Karla Weigand 2024
für die im Verlag p.machinery erschienene
Geburtstags-Anthologie.

Karla ist Autorin von Büchern wie
Die Hexengräfin, Die Heilerin des Kaisers
oder auch die Reihe *Die Friesenhexe*.

DIE HEXE VOM
EICHENHAIN

Es war einmal vor langer Zeit in einem fernen kleinen
Dorf. Die Bewohner wohnten in einfachen Holzhütten
und führten ein bescheidenes Leben. Nahe dem Dorfe
lebte in einem Eichenhain eine junge Frau namens Ella.
Ihr kleines Häuschen war umgeben von einem üppigen
blühenden Garten. Sie war stets freundlich und hilfs-
bereit und hatte immer ein offenes Ohr für die Sorgen
und Nöte ihrer Nachbarn. Zudem war sie sehr kundig
in der Heilkunst. Sie war zwar wegen ihrer Kenntnisse
geschätzt, da sie jedoch weit abseits der Dorfgemeinde
lebte, umgab sie eine geheimnisvolle Aura und manch
einer tuschelte Böses über sie.

Karina, die Frau des Holzfällers Achim, kam atemlos
am Häuschen der geheimnisvollen Ella an. Sie stemmte
die Hände auf die Knie und rang nach Luft. Ein wenig
fürchtete sie sich vor der Frau, die hier wohnte, aber sie

war ihre letzte Hoffnung. Ängstlich und zugleich hoffnungsvoll blickte sie über den Gartenzaun auf die Reihen von Gemüse und Kräutern. Zwischen den Beeten streunte eine schwarze Katze herum. Am Tor baumelte eine schwarze metallene Glocke, die ein Gockel zierte. Karina zog an der Kordel und ein heller Ton erscholl.

Aus der Tür trat eine junge Frau in ihrem Alter mit langem rotem Haar, das in weichen Wellen bis an ihre Taille reichte.

»Oh, Ella, du musst mir helfen«, flehte Karina.

»Was ist geschehen?«, fragte die geheimnisvolle Ella.

»Achim hat sich vor einigen Tagen im Wald verletzt. Ich habe die Wunde gereinigt und verbunden. Doch nun ist sein Bein ganz blau und er liegt im Fieber.«

Ella nickte. »Ich werde ein paar Sachen einpacken und mit dir kommen.« Sie winkte Karina herein. Karina beobachtete, wie Ella einen Korb holte und ihn mit Verbandsmull, Flakons, getrockneten Kräutern und Pilzen befüllte. Ihr Blick überflog dabei Bündel von Pflanzen, die zum Trocknen an den Deckenbalken aufgehängt waren, Einweckgläsern mit seltsamem undeutbarem Inhalt und begegnete dem grünen Blick der schwarzen Katze. Das Tier fauchte sie an und verkroch sich hinter dem Kamin. Ella fasste plötzlich ihre Hand und zog sie hinaus in die herbstliche Abendluft.

Frischer Wind strömte vom Bach herauf und in der Ferne schrie ein Kauz. Die ersten Sterne begannen am Himmel zu blinken, doch im Westen wurden sie von dicken Wolken verschluckt, die bedrohlich heraufzogen.

»Wir sollten uns beeilen, denn ein Unwetter zieht auf«, sagte Ella und beschleunigte ihre Schritte.

»Der Himmel hat sich gegen uns verschworen!«, jammerte Karina und starrte hinauf in die dicke Wolkenfront, die beständig näherkam. Blitze ließen den Himmel aufleuchten. Als die ersten Regentropfen herabprasselten, erreichten die beiden Frauen die Hütte des Holzfällers und schlüpften zur Tür hinein. Karina führte Ella zu ihrem Mann. Dieser lag schwer atmend mit geschlossenen Lidern auf dem Bett in einer Kammer. Karina beobachtete, wie Ella die Decke zurückschlug und das Bein untersuchte.

»Eine Sepsis, eine Blutvergiftung. Wir müssen schnell handeln«, sagte Ella ruhig.

»Was willst du tun?« Karina durchzuckte Angst. Draußen krachte der Donner des heraufziehenden Gewitters.

»Keine Angst. Ich werde ihm sein Bein nicht nehmen. Hier, koche einen Sud aus diesen Pilzen.«

Karina starrte die Pilze erschrocken an. »Aber die sind giftig.«

»Das Gift kann auch heilen. Die richtige Dosis ist wichtig.«

Karina zögerte noch immer.

Ella lächelte sie an. »Vertrau mir«, sagte sie sanft.

Karina gab sich einen Ruck und tat, wie ihr geheißen. Aber sie hatte noch immer große Angst, dass Achim nie wieder erwachen würde. Was sollte sie dann tun? In ihrem Bauch wuchs ein Kind von ihm heran und das brauchte einen Vater.

Donner krachte und Blitze erhellten die dunkelsten Winkel der Hütte. Unheimliche Schatten, die wie Dämonen und Teufel anmuteten, erschienen für Sekundenbruchteile an der Wand. Karina zitterte und rührte im Pilzsud herum, um sich abzulenken. Während die Pilze kochten, beobachtete sie, wie Ella verschimmeltes Brot auf die Wunde legte und einen Verband anbrachte. Das konnte nicht gut sein. Warum hatte sie nur diese Frau zur Hilfe gerufen und nicht den Pfarrer? Resigniert stöhnte sie auf.

Da kam Ella zu ihr herüber und nahm sie in den Arm. »Es wird alles gut werden.« Sie füllte den Pilzsud in einen Becher. »Wenn er abgekühlt ist, gib ihm jede Stunde einen kleinen Schluck.«

Die beiden Frauen setzten sich auf eine Bank neben dem Kamin und hielten sich im Arm, bis das Gewitter und die Nacht vorüber waren. Nur hin und wieder stand eine von ihnen auf, um dem Patienten seine Medizin zu verabreichen.

Als die ersten Sonnenstrahlen durch das Fenster hereinkrochen, stand Ella auf und ging zu Achim hinüber. Sie besah sich den Verband und befühlte seine Stirn. Da schlug Achim die Augen auf. Karina eilte zu ihm und sah, dass es ihm besser ging. Der Tod war aus dem Haus wieder ausgezogen.

»Ich danke dir, Ella. Und verzeih mein törichtes Verhalten.«

»Ist schon gut, Karina. Angst kann Menschen auf den falschen Weg bringen. Aber nun wird alles gut.«

Ella verschwand wieder in ihr Haus im Eichenhain. Achim erholte sich in den nächsten Tagen vollständig und Karina war glücklich. Der Sturm hatte großen Schaden im Dorf angerichtet, nur am Haus des Holzfällers war kaum etwas zu Bruch gegangen. Wahrscheinlich wurde es durch seine Lage durch die anderen Häuser vor dem Wind abgeschirmt. Die Leute im Dorf aber tuschelten und Karina bemerkte es. Da hielt sie es nicht mehr länger aus und fragte die Frau des Bäckers:

»Was ist das Problem? Warum flüstert ihr hinter meinem Rücken?«

»Wir wollen dir nichts Böses, Karina. Aber findest du die Heilung deines Mannes nicht auch seltsam?«

»Nein. Was soll daran seltsam sein?«, antwortete sie mit leichtem Trotz in der Stimme. »Wäre es euch lieber, er sei gestorben?«

»Das nicht, liebe Karina«, ertönte plötzlich hinter ihr die Stimme des Pfarrers. »Aber: Der Herr hat's gegeben und der Herr darf es nehmen. Kein Mensch sollte sich wie Gott aufführen.«

Karina blickte ihn verständnislos an. »Ich habe nicht vor, mich wie Gott aufzuführen, Herr Pfarrer.«

Der Geistliche strich ihr freundlich über das Haar. »Du nicht. Aber deine Freundin Ella wendet Mittel an, die nicht mit unserem Glauben zu vereinen sind.«

Karina runzelte die Stirn. »Sie hat nur Heilkräuter verwendet. Keine schwarze Magie, wenn Ihr an so etwas denkt.«

»Wirklich?« Das Lächeln des Pfarrers hatte etwas Unheimliches an sich. »Kehre in dich, Karina. Welche Pflanzen benutzte sie?«

Karina durchzuckte Angst. Sie dachte an die giftigen Pilze und das schimmelige Brot. »Das kann ich nicht sagen. Damit kenne ich mich nicht aus«, log sie.

»Der Sturm!«, knurrte die Bäckersfrau. »Alle Häuser sind beschädigt. Nur deins nicht. Die Hexe hat es wohl in der Nacht beschützt.«

»Was redest du da Bäckerin? Ella ist keine Hexe! Sie hat Achim das Leben gerettet.«

»Denke nach, Karina!«, befahl der Pfarrer. »Bist du sicher, dass du keine Zeichen des Satans in dieser Nacht wahrgenommen hast? Eine schwarze Katze vielleicht? Oder einen schwarzen Hahn?«

Karina zuckte zusammen, schüttelte aber den Kopf. »Lasst mich in Ruhe mit Eurem Gerede. Ella ist eine gute Frau!« Karina wand sich um und wollte nach Hause eilen, als sie jemand am Arm zurückhielt. Es war die Bäckersfrau.

»Vielleicht bist du nun selbst eine Hexe. Habt ihr es in dieser Nacht mit Dämonen und Teufeln getrieben?«

Karina wurde fast schwarz vor Augen. Panik ergriff sie. Panik vor den Anschuldigungen und Panik vor der Erinnerung an die Schatten, die die Blitze an die Wand geworfen hatten. »Ihr redet wirres Zeug und sucht nur einen Schuldigen für die Verwüstung, die ein Unwetter anrichtete.«

»Das stimmt«, antwortete der Pfarrer. »Denn nur eine Hexe kann so eine Verwüstung heraufbeschwören. Ella steht mit dem Teufel im Bund. Beweise gibt es genug!«

Und dann ging alles so schnell, dass Karina nicht verstand wie das passieren konnte. Die Bewohner des

Dorfes – Männer, Frauen, Kinder, Alte, Junge, einfach alle – rotteten sich zusammen und machten sich auf in Richtung des Eichhains.

Karina rannte nach Hause zu Achim. »Schnell, wir müssen etwas tun. Sie denken, dass Ella eine Hexe ist und wollen ihr etwas antun«, rief sie außer Atem.

Achim zog sie sanft auf die Bank neben sich. »Was willst du gegen so viele ausrichten? Willst du das Leben unseres Kindes aufs Spiel setzen?« Er legte sanft seine Hand auf ihren Bauch.

»Achim, das will ich nicht! Aber Ella hat dir das Leben gerettet. Wir können nicht zulassen, dass sie ihr etwas antun.«

»Mag sein, dass sie mir mit ihrer schwarzen Magie das Leben rettete. Doch wenn du dich für sie einsetzt, wird man dich ebenfalls als Hexe ansehen. Willst du das?«

Karina schüttelte verständnislos den Kopf. »Wie kannst du nur so undankbar sein!« Sie rang nach Luft. Was konnte sie tun?

Verzweifelt sprang sie auf und rannte hinaus. Vom Eichenhain herüber leuchtete in der Abenddämmerung ein heller Schein. Brandgeruch lag in der Luft. Aus dem Wald hinter dem Dorf drang lautes Geschrei. Schließlich sah sie den Mob zurückkehren. Sie kannte die Dorfbewohner kaum wieder. Mit grausamer Freude zerrten sie Ella über den Marktplatz in den kleinen gemauerten Turm. Die junge Frau wehrte sich kaum, wirkte matt und fassungslos. Dann verriegelten sie die Tür. Ihre schwarze Katze hatten sie erschlagen und das tote Tier an einen Balken an den Turm genagelt. Karina fragte sich, wer denn hier die Teufel seien. Diese Menschen konnten doch nicht die guten Bürger ihres Dorfes sein, ihre Nachbarn und Freunde!

»Nicht weit von hier in der Stadt ist der Inquisitor zu Besuch. Wir werden ihm den Fall übergeben«, rief der Pfarrer. »Matthäus, du reitest hin und trägst unser Begehr vor.«

Der junge Mönch stieg auf ein Pferd und ritt davon.

Die nächsten Tage wusste Karina nicht, was sie machen sollte. Ella war gut bewacht in dem Turm. Sie zu befreien, war für sie unmöglich. Zudem wollte sie tatsächlich dem Kind in ihrem Bauch nicht schaden. Sie rollte sich auf dem Bett zusammen, wie eine Katze. Die schwarze Katze!, geisterte es durch ihren Kopf. Sie sah die Pilze und das schimmlige Brot vor sich. Tränen rannen über ihre Wangen. War Ella vielleicht doch eine Hexe? Warum kam das Unwetter genau zu der Zeit, als sie Achim rettete? War das des Teufels Beistand zu ihrer schwarzen Magie gewesen? Ihre Gedanken verschwammen zu wüsten Fantasien und schließlich schlief sie ein.

Irgendwann hörte sie Hufgetrappel und das Rumpeln einer Karosse. Müde erhob sie sich. Achim stand am Fenster und blickte hinaus. Karina stellte sich neben ihn und beobachtete ebenfalls das Geschehen. Der Inquisitor in langer golddurchwirkter Robe kletterte mit seinem Gefolge aus der Karosse. Seine ritterliche Leibwache saß auf geschmückten Pferden. Einer seiner Lakaien bellte einige Befehle und der Pfarrer eilte herbei. Worte wurden ausgetauscht und Anweisungen gegeben. Und die Bürger rannten geschäftig umher. Nach wenigen Stunden war der Marktplatz ein Gerichts- und Richtplatz. Auf einem Podest saß der Inquisitor als Richter und daneben der Lakai sowie auf der anderen Seite der Pfarrer. Die Dorfbewohner hatten sich auf Stühle gesetzt, um dem Prozess wie einem Theaterstück zu folgen. Daneben war ein Haufen Reisig aufgeschichtet mit einem Pfahl in der Mitte. Karina zog es die Kehle zu.

Einer der Ritter brachte Ella in die Mitte zwischen Bürger und Richter. Ihre Handgelenke waren mit eisernen Ringen versehen und mit einer Kette verbunden. Sie wirkte matt und resigniert. Wahrscheinlich hatte man ihr kaum etwas zu essen oder zu trinken gegeben.

Neben dem Podest stand nun auch ein schwarz gekleideter großer breitschultriger Mann. Sein Gesicht war durch eine Stoffmaske unkenntlich gemacht – der Henker. Karina wurde übel. Dies konnte kein gutes Ende nehmen.

»Wir sollten uns dort draußen hinsetzen und dem Prozess beiwohnen«, sagte Achim ruhig.

Karina erzitterte. »Warum? Um zuzusehen, wie sie sie töten?«

»Ja, Karina.« Er drehte sich zu ihr um und blickte sie ernst an. »Ella können wir nicht mehr helfen. Das Urteil ist längst gefällt. Aber wir – du, ich, unser Kind – müssen mit diesen Menschen weiterleben. Das geht nur, wenn sie uns nicht für Mittäter halten.«

Karina schluchzte, ließ sich von Achim hinauszerren und auf einen Stuhl drücken. Wie in Trance hörte sie zu.

»Die Angeklagte wird des Verbrechens der Hexerei beschuldigt«, verkündete der Inquisitor. »Wie lautet deine Verteidigung, Frau… äh… wie ist dein Name?«

»Mein Name ist Ella, Euer Ehren. Und ich beteuere meine Unschuld. Ich bin keine Hexe, sondern eine einfache Heilerin.«

»Eine Heilerin, sagst du? Und wie erklärst du dann die Tatsache, dass der Mann, den du mit deinen Heilmethoden behandelt haben, überlebt hat, obwohl er schon des Todes war? Die Menschen behaupten, dass dies nur durch dunkle Magie möglich sein kann.«

Die Bewohner blickten sich bei diesen Worten zu Karina und Achim um. Karina lief ein kalter Schauer über den Rücken.

»Euer Ehren«, antwortete Ella. »Ich schwöre, dass ich keine dunkle Magie angewendet habe. Ich habe lediglich mein Wissen über Kräuter und Heilmittel genutzt, um dem Mann zu helfen. Es war ein Wunder, aber kein Werk der Hexerei.«

»Lügen!«, schrie jemand dazwischen.

»Sie hat das Unwetter heraufbeschworen in jener Nacht!«, kreischte ein Anderer.

»Nein, das ist nicht wahr! Ich habe nur versucht, Gutes zu tun«, erwiderte Ella. »Ich habe mein ganzes Leben lang den Menschen in diesem Dorf geholfen. Warum glaubt mir niemand?«

»Hexe!«, schrie jemand.

Ella drehte sich nun zu den Dorfbewohnern um und Karina hatte für einen kurzen Moment das Gefühl, dass ein blaues Licht in Ellas Augen aufloderte.

»Habe ich nicht deinen Kindern auf die Welt geholfen, Isolde?«, fragte die Angeklage eine der Dorfbewohnerinnen.

Diese senkte den Kopf.

»Und dir habe ich den schlimmen Zahn gezogen, Heinrich.«

Auch der Mann wich ihrem Blick aus.

»Habe ich nicht stets eure Krankheiten und Verletzungen geheilt?« Ella blickte in die Runde. Für einen Moment war es totenstill.

»Das war schwarze Magie!«, brüllte plötzlich jemand und brach damit den Bann des Schams.

»Sie hat uns alle betrogen!«, kreischte die Bäckerin. »Sie hat den Holzfäller Achim verflucht und seine Seele an die Dunkelheit verkauft!«

Karina sprang entgeistert auf. »Das ist nicht wahr!«

»Wer ist diese Frau?«, fragte der Inquisitor und zeigte auf Karina.

Der Pfarrer beugte sich zu ihm hinüber und flüsterte ihm etwas zu.

Der Inquisitor nickte und erhob sich. »Nun denn, Karina, Frau des Holzfällers Achim, trete vor und gib Zeugnis ab.« Er machte eine einladende Bewegung mit dem Arm. »Fürchte dich nicht. Du sollst nur als Zeugin fungieren und bist Opfer und nicht Täterin. Zumindest in diesem Moment. Also wähle deine Worte wohl und mit Bedacht.«

Karina rührte sich nicht bis Achim sie leicht anstieß. »Tue nichts unüberlegtes. Denk an das Kind unter deinem Herzen«, flüsterte er.

Karina gab sich einen Ruck und ging nach vorn. »Ich kann nichts Böses über diese Frau berichten. Sie hat meinem Mann das Leben gerettet mit ihrer Heilkunst.«

Die Inquisitor nickte und setzte sich wieder. »Dann lasst uns die Heilkunst näher beleuchten. Sprach sie dabei Gebete zu unserem Herrn, um um Beistand zu bitten?«

Karina wusste nicht, was sie darauf antworten sollte. Sie blickte ratlos zu Ella. Die junge Frau sah sie furchtlos an. Sie schien aufgegeben zu haben, denn sie blinzelte ihr zu, als wolle sie sie ermutigen, frei zu sprechen.

»Nein«, antwortete Karina zögerlich. »Sie sprach nicht zu Gott … aber genauso wenig zu irgendeinem Teufel. Auch murmelte sie keine Zaubersprüche.«

»Was hat sie dann mit der Verletzung getan?«

»Sie legte heilende Kräuter darauf.«

»Wirklich? Kräuter?« Der Inquisitor lächelte. »Mein Gehilfe kann dir die richtige Antwort auch durch andere Maßnahmen entlocken.« Er nickte hinüber zu dem Henker.

Karina wurde heiß. »Es war schimmeliges Brot«, stieß sie hervor. »Und ein Sud aus giftigen Pilzen.«

Die Menge stöhnte laut auf.

»Seht Ihr«, rief der Pfarrer. »Sie hat böses Werk vollbracht. Schimmel und Gift!«

Karina rollten Tränen über ihre Wangen.

»Hast du Dämonen gesehen? Eine schwarze Katze oder einen schwarzen Hahn in jener Nacht?«

Bei diesen Worten verlor Karina den Boden unter den Füßen und brach zusammen. Wie durch eine Nebelwand hörte sie wie der Inquisitor rief:

»Die Beweise sprechen gegen dich, Hexe Ella.«

»Bitte, Ihr müsst mir glauben! Ich flehe Euch an, lasst mich gehen. Ich werde nie wieder in dieses Dorf zurückkehren. Ich werde verschwinden und niemandem mehr zur Last fallen.«

»Es gibt nur eine Lösung für solch eine Hexe wie dich«, rief der Inquisitor. »Wir werden dich den reinigenden Flammen des Scheiterhaufens übergeben und damit das Böse aus diesem Dorf vertreiben!«

»Nein, bitte! Ihr macht einen schrecklichen Fehler!«

Die Nacht war finster und der Scheiterhaufen loderte hell auf. Die Bewohner des kleinen Dorfes hatten sich erneut versammelt, um das Schauspiel zu beobachten, das sich vor ihren Augen entfaltete. Die Frau, die einst als Heilerin gefeiert wurde, stand nun gefesselt und verzweifelt auf dem Scheiterhaufen. Ihre Augen waren von Tränen gerötet.

»Bitte, ihr müsst mir glauben! Ich habe stets nur Gutes gewollt!", flehte sie mit zitternder Stimme. Doch ihre Worte verhallten ungehört in der Menge. Die Menschen waren von Angst und Misstrauen erfüllt, und ihre Herzen waren fest davon überzeugt, dass sie von dunkler Magie getrieben wurde. Sie hatten Angst vor dem Unbekannten und sie brauchten einen Schuldigen für das Unwetter. Menschen benötigen stets einen Schuldigen.

Karina war ebenfalls verzweifelt, aber sie schwankte zwischen Empathie zu Ella und Selbsterhaltungstrieb. Sie wusste, dass sie sich ihre Feigheit nie vergeben würde.

Die Flammen umzingelten Ella, und selbst Karina spürte die Hitze auf ihrer Haut. Ellas rotes Haar wirkte selbst wie Feuer, das nach oben loderte.

»Es ist wahr!«, rief sie plötzlich und die Ketten an ihren Händen fielen zu Boden.

Die Menge schrie entsetzt auf.

»Ich bin eine Hexe! Doch ist dies nichts Böses, vor dem ihr euch hättet fürchten müssen. Ich habe euer Dorf stets beschützt, eure Kranken geheilt, euren Kindern auf die Welt geholfen. Das Unwetter konnte ich in jener Nacht nicht abwenden, aber Achims Leben konnte ich dafür bewahren. Da ihr jedoch all das nicht zu schätzen wisst, müsst ihr nun ohne mich zurechtkommen.«

Plötzlich geschah etwas Unglaubliches und ließ die Menge vor Staunen erstarren. Ella, gehüllt in eine leuchtende Aura, stieg langsam in die Luft hinauf. Sie breitete ihre Arme aus und schwebte über den Köpfen der Dorfbewohner. Ihr langes, rotes Haar wehte im Wind, während ihre Augen in einem strahlenden Blau aufblitzten. Die Flammen des Scheiterhaufens waren erloschen, als ob sie vor ihrer Macht eingeschüchtert wären.

Karina blickte zu ihr empor und Ella lächelte ihr freundlich zu. In einem Blitz verschwand die junge Hexe für immer aus ihrem Leben. Karina spürte tiefe Trauer und Scham, weil sie ihr nicht wirklich zur Seite gestanden hatten. Die Dorfbewohner dagegen überwanden den Schrecken recht schnell und redeten sich ein, dass Ella auf dem Scheiterhaufen in einer Stichflamme verbrannt sei. Gott hatte sie gestraft. Der Pfarrer war zufrieden und der Inquisitor zog mit seinem Gefolge ab.

In den folgenden Jahren jedoch waren die Ernten nicht mehr so üppig. Die Bäckersfrau starb an einem vereiterten Zahn und der Pfarrer ein einem schlimmen Husten.

Karina aber erging es gut. Sie bekam im Frühjahr eine kleine Tochter, die sie Ella nannte. Sie lebte mit ihr und Achim glücklich in dem Dorf. Und immer, wenn das Mädchen krank war, stand eine passende Medizin auf der Türschwelle.

Die Geschichte war ein Beitrag zur
Phantastischen Miniatur
Blaufußtölpel
die 2015 erschien.

Natürlich wurde hier
das Thema auf phantastische
Weise interpretiert.

LEGENDE

»Das ist das Sternbild des Blaufußtölpels.« Der alte Kari wies mit seiner knorrigen Vorderpfote in den nächtlichen Himmel.

Die Jungen schwänzelten aufgeregt um ihn herum. Das Lagerfeuer knisterte und verbreitete eine wohlige Wärme. Der rote Schein flackerte über die gewaltigen Baumstämme ringsum.

»Was ist ein Blaufußtölpel?«, fragte einer der Kleinen und rieb den Kopf an der Schulter des Alten.

»Nun«, begann Kari und streckte sich neben dem Feuer aus. Seine runzelige Haut schimmerte warm in dessen Licht. »Es war einmal eine Zeit auf unserer Welt, wo kein Wald das Land bedeckte, nur Eis und Schnee. Zu jener Zeit gabe es zwei Völker: Das Volk der Wras und das Volk der Xer. Äußerlich waren sie sich gleich. Doch eine vergessene Fehde ließ sie hasserfüllt auf Abstand bleiben. Ein junger Xer – etwas älter als ihr – war verliebt in eine wunderschöne Wrasa. Er traf sich mit ihr heimlich des Nachts in der Eiswüste ...

Sie ist so wunderschön, dachte Xor. Doch ihre Familie und seine waren Feinde, schon seit Generationen. Warum das so war und was der Auslöser gewesen sein konnte, wusste niemand mehr. An einem sonnigen Sommertag – das Eis glitzerte und funkelte im Licht der Mittagssonne – war Risura plötzlich vor ihm gestanden. Er war um einen Schneehaufen herum getrottet und wäre beinahe mit ihr zusammengestoßen. Lange blickten sie sich in die Augen. Kurz erwog er, die Zähne zu fletschen und zu knurren. Doch beim Anblick ihrer wunderbaren sanften braunen Augen schmolz er dahin, wie das Eis im Sonnenlicht. Auch in Risura schienen sich bei seinem Anblick Gefühle zu regen, die sie nicht recht zu deuten wusste. So kam es, dass sich Xor sehr oft vom Rudel entfernte und in der Nähe des Schneehaufens herumdrückte. Zunächst schienen ihre Begegnungen eher zufällig, doch nach einer Weile verabredeten sie feste Zeiten.

Risura sah sich stets lange und ängstlich um, bevor sie es wagte, aus der Deckung der Eisfelsen heraus die offene weiße Ebene zu betreten. Dann hetzte sie mit weit ausgreifenden Läufen dem Schneehügel entgegen, der ihnen als Treffpunkt diente.

Von weitem beobachtete sie, wie Xor aus der anderen Richtung herannahte. Er musste einen eisigen Priel durchwaten, der im Laufe der Zeit immer breiter und tiefer wurde. Schlotternd vor Kälte und mit blauen Pfoten kam er bei Risura an.

»Ich denke«, begann er eines sonnigen Tages, »wir sollten unsere Liebe unseren Familien gegenüber eingestehen.«

Risura zuckte zusammen. »Nein. Du bist ein Tölpel, wenn du denkst, dass sie es gutheißen würden.«

»Ach Risura. Diese uralte Fehde ist dumm und überholt. Wir sollten es wagen. Was kann schon geschehen?«

»Ich habe Angst«, murmelte sie und schmiegte sich eng an Xor.

Die Sonne schien heute besonders warm und plötzlich begann der Boden zu ächzen und zu stöhnen. Dort, wo der eisige Priel war, klaffte mit einem Mal eine dunkelblaue Spalte.

»Siehst du, Risura? Das ist ein Zeichen. Die Götter haben mir den Rückweg versperrt. Sie wollen, dass ich unsere Familien versöhne.«

Diesmal war es Risura, die schlotternd neben ihm schritt. Doch es war nicht die Kälte, sondern die Angst, die dies bewirkte. Xor dagegen war sich sicher, dass die Wras mit sich reden lassen würden. Die Vernunft würde siegen.

Aber Xor täuschte sich. Denn als die Wächter der Wras in Xor den Feind erkannten, schlugen sie Alarm. Ein mächtiges Rudel junger Wras hetzte auf ihn zu.

Da bekam er es mit der Angst zu tun und sah ein, dass mit Vernunft hier nichts auszurichten war. Er drehte um und flüchtete zurück über die weiße Ebene. Risura jedoch rannte ins Lager der Wras, um zu retten, was zu retten sei.

»Vater!«, kläffte sie schon von weitem. »Bitte, hilf Xor. Er hat nichts unrechtes getan.« Sie jaulte herzzerreißend gen Himmel. »Wir lieben uns. Er wollte nur unsere Völker wieder vereinen.«

Der Vater hatte Mitleid mit seiner Tochter und beide hetzten dem Rudel hinterher.

Xor war inzwischen bis an den Rand der Spalte gedrängt worden. Spitze Zähne schnappten nach ihm. Seine blauen Pfoten rutschen auf dem wässrigen Rand des gewaltigen Risses aus. Immer wieder versuchte er, auf den sicheren Schneeboden der Ebene zurück zu gelangen. Doch die knurrenden und Zähne fletschenden Schnauzen der Feinde drängten ihn zurück. Schließlich fanden seine Krallen keinen Halt mehr und das eisige Wasser der Spalte sog ihn in die Tiefe.

Er strampelte und kämpfte gegen den Sog an.

Doch da es in seiner gefrorenen Welt nie Seen oder Tümpel gab, hatte er – wie alle seiner Art – nie schwimmen gelernt. So versank er in der Tiefe der blauen Spalte.

Als Risura und ihr Vater am Ort des Geschehens eintrafen, war es für jede Hilfe zu spät. Die untergehende Sonne tauchte die weiße Landschaft in blutiges Rot. Die junge Wrasa begann bitterlich zu weinen ...

»... und ihre Tränen wurden zu glitzernden Eissternen, schweben in den abendlichen Himmel und formierten sich zum Sternbild des Blaufußtölpels«, erzählte der alte Kari. Die Jungen lauschten gespannt und blickten ehrfürchtig in den Nachthimmel. »Was geschah dann?«, wollte eines wissen.

Kari strich ihm mit der Pfote über den Kopf. »Die Völker der Wras und der Xer sahen ein, dass ihre uralte Fehde dumm war und nun wieder ein unnötiges Opfer gefordert hatte. So vereinten sie sich zum Volk der WraXe und lebten gemeinsam bis zum heutigen Tag. Xor jedoch – der Blaufußtölpel – der mit seinem Tod unsere Völker geeint hatte, wacht am Nachthimmel über uns.«

Die Geschichte war ein Beitrag zur
Phantastischen Miniatur
Der Traum im Traum
die 2016 erschien.

Es ist jedesmal für die Beteiligten
eine erneute Herausforderung,
das Thema in eine Kürzestgeschichte
von ca. 750 Wörtern zu packen.

DAS FRÜHSTÜCKSEI

Als ich erwachte, saß mir der Schreck noch in den Knochen. So ein blöder Traum, kaum zu glauben.

Ich tastete nach Sven, doch die Betthälfte war leer. Durch die Jalousien suchten sich Sonnenstrahlen ihren Weg. Gedämpftes Geschirrgeklapper war zu hören und ein leckerer Duft nach frisch aufgebackenen Brötchen und Kaffee stieg mir in die Nase. Sven hatte also Frühstück gemacht. Ich freute mich. Räkelnd wälzte ich mich aus dem Bett und schlurfte in die Küche.

»Morgen, mein Schatz«, begrüßte er mich. Dann drückte er mir einen Kuss auf den Mund.

»Guten Morgen. Mmm, das riecht aber lecker.«

Ich setzte mich an den Tisch. Sven hatte, wie jeden Sonntag, ein köstliches Frühstück bereitet. Er setzte sich mir gegenüber und reichte mir Brötchen. Dann zauberte er noch frisch gekochte Eier unter einem Tuch hervor.

»Puh. Eier«, stöhnte ich.

»Du magst doch Eier.« Sven runzelte die Stirn.

»Ja, eigentlich schon. Doch ich hatte heute Nacht einen echt abgefahrenen Traum.«

»Ach, schon wieder einmal? Und diesmal hatte er was mit Eiern zu tun?« Er lachte.

Ich nickte und nahm ein Ei. Ich legte es behutsam auf meinen Teller. »Ja, ich habe tatsächlich von Eiern geträumt. Genauer gesagt, von einem Ei.«

Sven bestrich sein Brötchen mit Butter. »Dann lass mal hören«, forderte er mich auf.

»Okay«, sagte ich und begann zu erzählen: »Ich saß mit dir am Frühstückstisch, so wie jetzt ...« Ein kalter Schauer fuhr mir über den Rücken. »... und ich nahm ein Ei. Es sah wie ein gewöhnliches Hühnerei aus. Doch als ich es aufschlug, da schoss ein dunkles Tier daraus hervor. Im ersten Moment dachte ich, es sei eine Fledermaus. Aber dann erkannte ich es: Es war ein kleiner Drache. Er stieß erst einen Feuerstrahl aus, dann einen wilden Schrei und schließlich flog er durchs offene Fenster auf und davon.«

»Ha«, entgegnete Sven. »Das ist doch nicht beängstigend. Ich finde das witzig.«

Ich zuckte mit den Achseln, denn ich fand es irgendwie gruselig. Der Traum war so real gewesen.

Sven stand auf und öffnete das Fenster. »Komm, schlag dein Ei auf. Der Fluchtweg für den kleinen Feuerspucker ist offen.« Er lachte. Ich verdrehte genervt die Augen.

»Okay«, antwortete ich. Dabei konnte ich mir ein Grinsen gerade so verkneifen. »Ich werde es wagen.« Also klopfte ich mit dem Löffel das Ei auf, entfernte die

Schale, puhlte noch ein bisschen in dem fest gekochten Eiweiß herum, konnte aber nur die gelbe Dotter finden und keinen Drachen.

»Siehst du? Deine Fantasie spielt dir mal wieder Streiche. Wie des Öfteren.«

»Ja, wahrscheinlich hast du Recht«, entgegnete ich. Innerlich war ich wirklich erleichtert, dass sich das Ei als gewöhnliches Frühstücksei entpuppt hatte.

Die Sonnenstrahlen, die durch die Ritzen der Jalousie krochen, kitzelten mich an der Nase. Ich tastete nach Sven, doch die Betthälfte war leer. Stöhnend erhob ich mich. Schon wieder hatte ich von ihm geträumt. Und diesmal sogar kombiniert mit einer meiner Fantasien: Ein Drachenei! Hört das denn nie auf? Manchmal wusste ich schon gar nicht mehr, was Traum und was Wirklichkeit war.

Sven hatte mich deshalb vor vier Monaten verlassen. Ihm ging meine überbordende Fantasie auf den Keks, die schon längst unseren Alltag bestimmt hatte. Aber, was konnte ich denn dagegen tun, wenn ich seltsame Träume hatte und selbst am hellichten Tag Fabelwesen sah? Ich versuchte Sven verzweifelt zu vergessen. Doch es gelang mir nicht. Ich vermisste ihn eben.

Langsam schlurfte ich in die Küche. Das Geschirr vom Vortag stapelte sich in der Spüle und der Frühstückstisch war deprimierend leer. Es duftete weder nach frischen Brötchen, noch nach Kaffee. Also zog ich die Kühlschranktür auf – ein wenig zu heftig – und dann lief alles wie in Zeitlupe ab. Ein einsames Ei fiel aus dem Eierbehälter der Tür. Ich musste sofort an meinen

Traum denken, besser gesagt, meinen Traum im Traum. Das Ei fiel zu Boden. Es knackte und die Schale sprang auf. Anstelle der gelben Dotter kam etwas Dunkles heraus gerollt. Das Etwas entfaltete kleine Flügel, breitete sie aus und erhob sich vor mir in die Lüfte. Es war ein kleiner Drache. Er stieß einen Feuerstrahl aus und dann einen wilden Schrei, umkreiste meinen Kopf und flatterte schließlich durch den Spalt des gekippten Fensters hinaus in den Himmel über der Stadt.

Sprachlos stand ich da und glotzte durch das Fenster dem sich entfernenden Fabelwesen nach. In mir fühlte ich mich plötzlich befreit. Ich dachte nur: »Lebe wohl, Sven.«.

Die Geschichte war ein Beitrag zur
Phantastischen Miniatur
Wie müssen das Gummi in der Zelle erneuern
die 2017 erschien.

Intern nannten wir sie
die Staffelstab-Miniatur.
Denn wir reichten als Staffelstab
immer den letzten Satz weiter,
mit dem dann die nächste Geschichte
beginnen musste.

DIE ANMUT DES BÖSEN

Man entschied sich für die höchste Alarmstufe. Dies erkannte Dr. Alexander Belief sofort an dem schrillen Ton, der die Wände der Labore tief unter der Hauptstadt zum Vibrieren brachte. Zumindest hatte er das Gefühl, dass alles erbebte. Hinzu kamen noch die roten Signalleuchten, welche die Szenerie in gespenstisches wogendes Licht tauchten. Sein Magen vermittelte ihm, dass er sich gern entleeren würde. Belief konnte dies nur mit größter Anstrengung verhindern.

Zu allem Überfluss verkündete eine monotone Computerstimme: »Die Einrichtung wurde hermetisch abgeriegelt. Das Lebenserhaltungssystem stellt sich aus Sicherheitsgründen in drei Stunden automatisch ab. Bitte verschließen Sie umgehend alle Objekte in Ihren Sicherheitszonen, damit der Alarmzustand aufgehoben werden kann.« Nun ebbten die Sirenen ab, und auch das Licht wurde wieder neonweiß.

Zigmal hatten sie schon den Ernstfall geprobt, doch dies nun war kein Spiel. Es war Realität. Beim Gedanken an dieses Wort brach er in hysterisches Lachen aus: Realität. Seit er in diesem Forschungslabor arbeitete, wusste er nicht mehr recht einzuordnen, was man als Realität bezeichnen konnte. Sein Weltbild war völlig auf den Kopf gestellt. Und nun war es sogar dem Untergang geweiht.

Er stand wie angewurzelt in dem kleinen Raum, der sein Büro darstellte. Durch das Milchglas der Türfüllung sah er draußen auf dem Gang Schatten vorbeirennen. Ab und zu gellte ein Schrei durch den unterirdischen Komplex.

Jemand rüttelte an der Tür. Dr. Belief zuckte zusammen. Der Schemen hinter dem Glas hatte menschliche Umrisse. Trotzdem musste das nichts Gutes verheißen. Panik übermannte ihn. Er blickte sich entsetzt um. Da gab es nur den Schreibtisch, unter den er sich in Deckung werfen konnte. Was er auch tat. Zitternd lauschte er aus seinem Versteck heraus Richtung Tür. Er vernahm ein Schluchzen – oder war es ein Grunzen? Welches dieser phantastischen Wesen mochte seinem Gefängnis entkommen sein? Vielleicht einer der Werwölfe, einer der Dhampire oder Vampire oder gar Graf Dracula selbst?

Mit einem Krachen sprang die Tür auf und schlug gegen die Wand. Das Glas zerplatzte in einem lauten Knall und klirrte zu Boden.

»Dr. Belief ? Sind Sie noch hier?«

Alexander Belief erkannte die Stimme von Anita Harms, einer wissenschaftlichen Mitarbeiterin. Erleichtert stieß er den Atem aus. Doch gerade als er sich zu erkennen geben wollte, zerfetzte ein ohrenbetäubender Schrei fast sein Trommelfell. Mit pochendem Herzen duckte er sich tiefer in den Schatten des Schreibtisches. Eine weiße Hand fiel vor seinen Augen schlaff zu Boden. Er folgte mit seinem Blick dem Arm und blieb schließlich an Anitas Augen hängen, die leblos durch ihn hindurch stierten. Alexander Belief hielt den Atem an.

Dann geschah etwas, das ihm das Blut in den Adern gefrieren ließ. Anitas Haut schien durchsichtig zu werden. Die Adern traten deutlich hervor, als ob sie mit schwarzem Blut gefüllt wären, wie ein Spinnennetz aus Kohlefasern. Dann fiel der Körper in sich zusammen, als sei ihm alle Flüssigkeit entzogen worden. Alexander wandte angewidert den Blick ab, der nun auf die offene Seite des Schreibtisches fiel.

Ihm blieb fast das Herz stehen. Dort stand das Geschöpf, das zu all dieser Grausamkeit fähig war. Er wusste, dass dies sein Ende bedeutete. Und doch konnte er keinen Hass fühlen. Dieses Wesen war seit Jahrhunderten in der Gefangenschaft der Menschen, wie all die anderen unerklärlichen Geschöpfe hier unten. Sie waren den Menschen an der Oberfläche nur aus Sagen und Legenden bekannt. Nur wenige – so wie er selbst – wussten von ihrer realen Existenz. Konnten sie studieren und erforschen und doch nichts über sie herausfinden.

Dieses Geschöpf war so schön und edel, dass es von alters her das Gute und Reine für die Menschen symbolisierte. Alexander betrachtete das weiße, wie Perlmutt schillernde Fell. Die schlanken Beine mit den Hufen, glänzend wie Opale. Der anmutige Hals bog sich zu ihm herunter, und das lange gedrehte Horn auf seiner Stirn mit einer bläulich leuchtenden Aura kam ganz dicht an ihn heran.

»Alexander«, sprach das Geschöpf mit glockengleicher Stimme, »fürchte dich nicht. Ich werde dir nichts tun. Du hast dich um mich gekümmert. Das werde ich dir anrechnen.«

Alexander kroch zitternd unter dem Schreibtisch hervor. Zum einen war er noch vom Grauen des Geschehens erfasst, zum anderen aber übermannte ihn die Faszination für dieses edle Wesen derart, dass ihm der Tod als eine Belohnung erschien. Er blickte dem Wesen tief in die Augen. Es war wie ein Blick in die unergründliche Unendlichkeit des Universums.

Das Einhorn warf den Kopf in den Nacken, so dass seine Mähne wie ein Brautschleier sein Haupt umwehte. Dann begab es sich mit tänzelnden Schritten fast lautlos, als ob es schwebte, zurück zum Gang.

Alexander folgte ihm wie in Trance. Er stolperte über die verdorrten Körper seiner Kollegen, die wie Baumstämme in einem gerodeten Wald lagen, und beachtete sie nicht. Sein Blick war nur auf dieses weiße Geschöpf gerichtet.

Das phantastische Tier berührte die Schalttafel des Aufzugs. Die gläserne Tür öffnete sich, obwohl der Computer den Bereich abgeriegelt hatte. Das Geschöpf schritt hinein, und die Tür glitt zu.

In diesem Moment wich der Bann von Alexander. Er stürzte zur Glaswand und hämmerte mit den Fäusten dagegen. Denn ihm war bewusst, dass er hier gefangen war und dass die Lebenserhaltung in kurzer Zeit abgeschaltet wurde.

Doch der bei weitem größere Schrecken war, dass er nichts dagegen tun konnte. Nur zusehen. Das Wesen trug das Böse hinaus in die Welt.

Die Geschichte war ein Beitrag zur
Phantastischen Miniatur
Scharlachkraut, die 2017 als Doppelband
mit *Purpurkraut* erschien.
Darin wurden Pflanzen,
die besondere Namen tragen,
zu einem phantastischen Leben erweckt.
Hier geht es um den
Bittersüßen Nachtschatten.

DIE UMARMUNG
DES SCHATTEN

Die Straße lag dunkel und verlassen vor ihr. Kaum ein Licht erhellte ihren Weg. Die Laternen waren aus. Charlotte blickte sich verängstigt um. Es war keine Menschenseele zu sehen. Der Weg von der Arbeit nach Hause war ihr stets ein Graus. Sie fühlte sich dabei noch einsamer, als sie es sowieso schon war. In der Bar, in der sie bis spät in die Nacht arbeitete, durfte sie nur hinter der Theke dem Barkeeper helfen und nicht, wie die anderen Mädchen, die Gäste bedienen. Hin und wieder musste sie sogar die Toilette putzen. Im Gegensatz zu den langbeinigen blonden Supermodels, die kokett mit den Männer flirteten und diese zu hohen Getränke-rechnungen animierten, war Charlotte klein und pum-melig. Ihre braunen Haare wirkten nie stylisch, selbst wenn sie diese zu einem flotten Pferdeschwanz zusam-menband. Sie fühlte sich immer, wie das fünfte Rad am

Wagen; nirgendwo gehörte sie dazu. Ihr ganzes Leben schien ihr öde und trostlos. Die anderen Mädchen wurden von ihren Verehrern sicher nach Hause geleitet. Nur sie, Charlotte, musste den einsamen Weg durch das nächtliche Gewerbegebiet alleine gehen.

Heute war es besonders dunkel. Der Mond wurde von dicken Wolken verdeckt. Wenige bunte Leuchtreklamen spendeten diffuses Licht und ließen unheimliche Schatten in den Winkeln der Höfe entstehen. Charlotte zog ihr Handy aus der Handtasche und suchte nach der Taschenlampen-App.

Da polterte es auf der gegenüberliegenden Straßenseite. Sie zuckte zusammen, das Mobiltelefon rutschte ihr aus der Hand und fiel auf den Asphalt. Eine Katze sprintete mit lautem Gejaule über die Straße. Charlottes Atem ging schneller. Sie bückte sich nach ihrem Handy. Das Display hatte ein paar Sprünge, aber das Gerät schien noch zu funktionieren. Es zeigte ihr an, dass es 3:03 Uhr war. Sie suchte die App, fand sie jedoch nicht. Allerdings zog ein Icon ihre Aufmerksamkeit auf sich. Sie kannte es nicht. Es zeigte einen gelben Lichtstrahl und darin einen Schatten, der wie eine Ranke aussah. Ohne nachzudenken, tippte sie auf das Icon … und siehe da: Es wurde Licht. Das musste ihre Taschenlampen-App sein. Wahrscheinlich hatte sich das Symbol beim letzten Update geändert.

Das Licht, welches das Handy nun verströmte, tat gut. Charlotte leuchtete um sich. Sie sah den Asphalt der Straße, Eingänge zu Firmen und Werkstätten, Tore, Zäune, Bäume, Autos und eine Katze, die ihr Fell leckte. Nichts wirkte sonderlich bedrohlich. Das Licht gab ihr

Sicherheit. Doch gleichzeitig verstärkte es auch die Schatten in den Winkeln und Ecken. Zunächst beachtete Charlotte die Schatten nicht. Sie versuchte sich auf die erzeugte Helligkeit zu konzentrieren und eilte weiter. Nach und nach jedoch erschienen ihr die Schatten wieder unheimlich, fast schon bedrohlich. Da! Hinter dem Auto – hatte sich da nicht etwas bewegt? Oder dort, hinter der Ecke des Eingangs? Charlotte wollte rennen. Doch ihre Beine versagten den Dienst. Zitternd blieb sie stehen und starrte auf das unheimliche Geschehen. Die Schatten begannen zu verschmelzen. Wie eine schwarze Flüssigkeit tropften sie von den Autos, Häusern und Bäumen auf den Asphalt und bildeten Pfützen. Aus den Pfützen, den dunklen Winkeln und Ecken begannen schwarze Bäche in ihre Richtung zu fließen. Sie strömten von allen Seiten auf sie zu. Charlotte wollte schreien, doch es war, als schnüre ihr jemand die Kehle zu.

Ungefähr zwei Meter von ihr entfernt trafen die schwarzen Flüsse aufeinander. Sie türmten sich auf und wogten hin und her, formten sich zu einem schwarzen Etwas. Zunächst schien sich eine gigantische Pflanze nach oben zu ranken, die von innen heraus violett glühte. Riesige Ranken wanden sich wie Tentakel über ihrem Kopf. Sie meinte gar, Blüten mit fünf spitzen Blütenblättern zu erkennen, die wie Kronen in dem Geäst hingen. Dann schrumpfte das gewaltige Gewächs auf Charlottes Größe zusammen. Die Form veränderte sich. Das violette Glühen erlosch. Charlotte erkannte bald Arme, Beine, einen Rumpf und einen Kopf. Die Gestalt löste ihre Füße vom Boden und ging ein paar Schritte auf und ab. Dabei betrachtete sie ihre Arme und Hände, als sähe sie diese zum ersten Mal. Dann drehte sie sich zu Charlotte um.

»Vielen Dank«, sagte das schwarze Wesen mit freundlicher Stimme.

Charlotte wusste nicht, was sie denken sollte. Ein Schatten, der zu ihr sprach? Träumte sie? Das konnte unmöglich real sein. Sie betrachtete ihn und erkannte in dem dunklen Ding, welches wie aus schwarzer verwirbelter Flüssigkeit zu bestehen schien, einen jungen Mann. Er sah aus, wie der Mann ihrer Träume mit kurzem Haar und sportlicher Figur.

»Wer bist du?«, fragte sie schüchtern.

»Dein Nachtschatten«, war die Antwort.

»Wieso mein Nachtschatten?«

»Du hast mich materialisiert.«

Charlotte war verwirrt.

»Ich danke dir dafür«, fuhr der Nachtschatten fort. »Schon immer wollte ich diese dreidimensionale Welt kennenlernen – auch, wenn es nur für einen Augenblick ist.«

»Nun«, flüsterte Charlotte, »hast du sie gesehen. So schön, wie du glauben magst, ist sie nicht.«

»Oh«, entfuhr es dem Schatten. »Du bist nicht glücklich in dieser Welt?«

»Nein. Ich bin einsam.«

»Es tut mir leid, dass du nicht glücklich bist«, antwortete der Schatten. Er kam näher. Charlotte konnte nun Feinheiten seines Gesichtes erkennen: die schmale Nase, funkelnde Augen und einen freundlich lächelnden Mund.

»Da du mir diesen Augenblick geschenkt hast, will ich dich zum Dank dafür glücklich machen«, sprach der Schatten. Er steckte ihr auffordernd eine Hand entgegen. »Komm!«

Charlotte zögerte. Wohin sollte sie mitkommen? Sie bekam plötzlich Angst vor dem pechschwarzen Wesen.

Als könne er ihre Gedanken lesen, sagte er in sanftem Ton: »Wo Licht ist, ist auch Schatten. Wo Schatten ist, ist auch Licht. Ich biete dir dein Glück an. Denn ich bin nicht nur dein Nachtschatten, ich bin dein bittersüßer Nachtschatten.« Die Hand kam näher. Charlotte überlegte. Was hatte sie zu verlieren? Ihr Leben war nur Einsamkeit und hier stand ihr Traummann vor ihr. Also streckte sie ihm ihre Hand entgegen. Der Schatten ergriff sie und zog Charlotte zu sich heran wie ein Liebender seinen Schatz. Seine Umarmung fühlte sich warm an. Seine Augen glühten mit einem Mal rot wie kugelförmige Beeren. Der Nachtschatten begann Charlotte zu küssen. Sein bittersüßer Geschmack ließ ihr die Sinne schwinden.

Die Katze, die jaulend über die Straße gerannt war, dem Kater entflohen, der sie bedrängt hatte, saß hinter dem Baum und leckte sich das Fell. Dabei beobachtete sie, wie die junge Frau plötzlich mit der Dunkelheit der Nacht verschmolz. So, als würde sie sich in schwarze Flüssigkeit verwandeln. Sie schmolz zu einer Pfütze zusammen und die Pfütze zerfloss in viele kleine Bäche, die in die dunklen Ecken und Winkel der Häuser, Autos und Bäume strebten, bis auf der Straße nichts mehr zu sehen war – außer einem Handy. In diesem Moment strahlten die Straßenlaternen auf und beleuchteten das noch still und verlassen daliegende Gewerbegebiet.

Lokalnachrichten

Junge Frau verschwunden

Vergangene Nacht verschwand die junge Bardame Charlotte S. spurlos im Gewerbegebiet Nord. Die Polizei steht vor einem Rätsel.

Charlotte S. wurde das letzte Mal in der Nacht von Freitag auf Samstag gegen 2:45 Uhr gesehen, als sie den Weg von ihrer Arbeitsstelle nach Hause antrat. Doch dort ist sie, laut Aussage ihrer Eltern, nie angekommen. Diese erstatteten am Samstagmorgen Vermisstenanzeige. Die Polizei fand bei ihren Nachforschungen das Handy der Vermissten im Gewerbegebiet Nord. Das Gerät war defekt, zeigte jedoch die Uhrzeit 3:03 Uhr an. Die Staatsanwaltschaft hat die Ermittlungen aufgenommen, da von einem Gewaltverbrechen ausgegangen werden muss.

Die Geschichte war ein Beitrag zur
Anthologie *Magische Realitäten,* die 2016 erschien.

Eine unheimliche Begegnung
in einem menschenleeren Landstrich
wird dich erschauern lassen.

DIE GALERIE DES HERRN
MEVIS TOFELES

David Cutter bereute zutiefst, den Highway verlassen zu haben, nur um billiger zu tanken. Denn er gondelte jetzt schon seit fast einer Stunde durch die ländliche Umgebung, ohne die ausgeschilderte Tankstelle zu finden. Die Dunkelheit war drückend – so schwarz, wie sie fernab jeder Großstadt kurz vor Mitternacht nur sein konnte. Der Scheinwerferkegel seines nagelneuen Sportwagens tastete sich über den brüchigen Asphalt einer Straße, die diesen Namen kaum verdiente. Das rhythmische Klackern der Räder – hervorgerufen durch die zahlreichen Risse und Schlaglöcher – wirkte hypnotisierend und fast einschläfernd. Seine Gedanken schweiften zu Lucille.

Diese Frau machte ihn verrückt. Sie war kein Model – nein, gewiss nicht. Doch mit ihrer kecken Art wickelte sie ihn immer wieder um den Finger. Aber sie konnte auch bei jeder Kleinigkeit an die Decke gehen. So war es vor fünf Tagen gewesen. David konnte sich schon gar nicht mehr an den Auslöser des Streits erinnern. Ein Wort gab das andere und schließlich hatte Lucille ihre Sachen gepackt und war zu ihrer Mutter gefahren. Seit dem herrschte Funkstille. Zuerst hallte in David die Wut über ihren Ausraster wider und dann genoss er einfach die Ruhe in seinem Apartment mit Blick auf den Lake Michigan. Schließlich jedoch begann er Lucille zu vermissen. Obwohl er sich sicher war, dass ihn dieses Mal keine Schuld traf, machte sich Reue in ihm breit. Er warf ein paar Sachen in den Koffer, stieg in den Sportwagen und war fest entschlossen, ihr 2000 Meilen bis nach Seattle hinterherzufahren.

Nun rollte der Wagen durch die Dunkelheit und David wusste schon nicht mehr, ob er sich noch in Montana oder schon in Idaho befand. Die Straße, die eher einem Waldweg glich, schlängelte sich durch ein Tal. Zu seiner rechten beleuchteten die Scheinwerfer eine steile Felswand und nach links schien das Gelände zu einem Fluss hin abzufallen. In der dunklen Frontscheibe sah er Lucilles Gesicht.

Das Reh kam so unvermittelt in den Lichtkegel gesprungen, dass David Cutter unüberlegt am Lenkrad riss. Erst danach trat er das Bremspedal durch. Der Wagen kam ins Schleudern, schlitterte seitwärts die Straße entlang. Die Räder blockierten und das Fahrzeug rutschte links den Abhang hinunter. Der Airbag sprang Cutter ins Gesicht. Dann war es still.

Geschockt saß der Mann hinter dem Steuer und lauschte seinem hämmernden Herzschlag.

»Verfluchter Mist!« Seine Stimme wirkte heiser. »Dieses Weib bringt mich noch ins Grab.«

Er erhob den Kopf, nickte in verschiedene Richtungen, um die Funktion des Genicks zu prüfen. Es schien keinen Schaden genommen zu haben. Er presste wütend die Lippen aufeinander und versuchte, den Motor zu starten. Doch das Auto gab keinen Mucks mehr von sich. Zudem hatte es eine beängstigende Schräglage.

David Cutter betätigte den Türgriff und die Tür schwang im Sog der Schwerkraft auf. Der Mann befreite sich ungeschickt aus dem Wagen. Es war stockdunkel. In einem Fach an der Innenseite der Fahrertür ertastete er eine kleine Taschenlampe. Der Lichtstrahl reichte nicht weit, doch er vermittelte ihm ein klein wenig Sicherheit. Vorsichtig tastete er sich zum Kofferraum und holte sein Gepäckstück heraus.

Was nun? Er lauschte in die Dunkelheit der Rockies. Links unter sich hörte er eindeutig das Rauschen eines Flusses. Also beschloss er, die Böschung zu erklimmen und die Straße wieder zu erreichen. Mit der Taschenlampe zwischen den Zähnen und dem Koffer in der einen Hand kletterte er ungeschickt und keuchend hinauf. Der Boden bot ein paar starke Grasbüschel, an denen er sich beim Klettern festkrallte. Es roch nach feuchter Erde und irgendwie nach Tier. Die Angst, ein Bär könnte auf ihn lauern, beschlich ihn und trieb ihn vorwärts. Endlich erreichte er den bröckligen Asphalt. Erleichtert atmete er durch. Mit dem winzigen Lichtstrahl der Taschenlampe suchte er nach Orientierung – vielleicht einem

Schild, das ihm den Weg weisen könnte. Aber da war nichts, außer ein paar leuchtende Augen im Gebüsch.

Er zuckte zusammen, behielt aber die Nerven. Die Augen waren sehr weit unten. Es konnte also nur ein kleines Tier sein, eine Katze womöglich. Er stampfte mit dem Fuß auf und die Augen verschwanden, begleitet von einem Rascheln.

Das Licht der Lampe begann zu flackern. Er schlug sie kurz gegen den Koffer und der Strahl war wieder heller. Da er auf der Fahrt hierher weder ein Haus noch einen Wegweiser zu irgendeiner Ortschaft gesehen hatte, beschloss er, die Straße weiter entlangzugehen und nicht umzukehren. So stolperte er über die holprige Waldpiste mit einem Koffer in der einen und einem winzigen flackernden Lichtstrahl in der anderen Hand durch die Finsternis. Das Rauschen des Flusses schien immer leiser zu werden. Doch das Rascheln um ihn herum glaubte er noch deutlicher zu vernehmen.

Seine Nackenhaare stellten sich auf und seine Fantasie ließ Trugbilder durch den Schein der Taschenlampe huschen, bis dieser schlagartig erstarb. Nervös schlug Cutter die Lampe gegen den Koffer. Der Lichtschein war jedoch unwiederbringlich erloschen. Nun begann die Panik langsam in ihm aufzusteigen.

Zuerst beschleunigte sie seine Schritte, dann seine Atemfrequenz und schließlich den Herzschlag. Er rannte und keuchte und stolperte. Sein Körper fiel nach vorn und als der Kopf auf einem Stein aufschlug, erloschen die Lebenslichter in seinem Gehirn.

Er erwachte. Seine Augen ließ er geschlossen. Doch er bemerkte durch die Lider hindurch, dass es nicht mehr dunkel war. Dann spürte er etwas Weiches unter sich. Er lag in einem Bett. Kaffeeduft strömte in seine Nase. Mit etwas Mühe schaffte es David Cutter, seine Augen zu öffnen. Tatsächlich! Er war nicht tot, lag auch nicht mehr auf der Straße mitten im Wald. Er lag in einem weichen Bett. Daneben stand ein Tisch mit Sandwiches und Kaffee.

»Oh, schön, dass Sie wieder unter den Lebenden weilen«, hörte er eine Stimme. Erschrocken drehte er den Kopf in die Richtung, aus der sie kam. Die ruckartige Bewegung löste einen heftigen Kopfschmerz aus. Er griff sich an die Stirn und fühlte einen Verband.

»Sie haben sich mächtig den Kopf gestoßen. Sie können von Glück sagen, dass ich Sie da draußen zufällig gefunden habe.«

»Wo bin ich?«, stammelte Cutter.

Seine Augen hatten einen kleinen Mann ausgemacht, der im Türrahmen stand. Sein Mund war zu einem freunlichen Lächeln verzogen. Die spitze Nase wirkte irgendwie unecht. Und das Funkeln in seinen Augen empfand David als unangenehm. Zudem hatte der Mann einen Buckel, der ihn an den Glöckner von Notre Dame erinnerte. David versuchte seine Abscheu gegen ihn zu unterdrücken. Denn schließlich schien der Mann ihm das Leben gerettet zu haben. Man sollte einen Menschen nicht nach seinem Äußeren beurteilen.

»Wem darf ich denn für meine Rettung danken?«, fragte er deshalb mit besonderer Freundlichkeit in der Stimme.

Der Mann kam flink auf ihn zu und reichte ihm die Hand. »Mevis Tofeles ist mein Name.«

»David Cutter«, entgegnete David und erwiderte den unerwartet festen Händedruck. »Nun, dann danke ich Ihnen von Herzen, Herr Tofeles.«

Der Mann lächelte und seine Augen funkelten David an. Schnell wandte dieser den Blick ab, setzte sich vorsichtig auf, um den Kopfschmerz nicht erneut zu provozieren, und zog sich das Tablett mit dem Essen auf den Schoß. Er hatte so großen Hunger, als hätte er drei Tage nichts gegessen.

Der bucklige Mann verließ derweil das Zimmer und ließ seinen Gast allein. David biss in das Sandwich. Es schmeckte äußerst köstlich. Während er kaute, ließ er den Blick durch das Zimmer schweifen. Ein kleines Fenster eröffnete ihm einen Ausblick auf ein Bergpanorama, das jedem Reisekatalog zur Ehre gereicht hätte. Die Tapete des Zimmers dagegen wirkte, als würde sie schon seit hundert Jahren an den Wänden kleben, vergilbt und mit breiten senkrechten Streifen in undefinierbarer Farbe. Was jedoch Davids Aufmerksamkeit besonders auf sich zog, waren die zahlreichen gerahmten Fotos an den Wänden. Es waren sämtliche Schwarz-weiß-Fotografien. Alles Portraits von Menschen. Ihm schien, als würden sie ihn drohend anblicken. Denn jede der dargestellten Personen wirkte ernst, ohne Lächeln. Es gab Männer und Frauen jeden Alters zu betrachten und sogar einige Kinder waren darunter.

David schob das Tablett auf den Tisch zurück und erhob sich vorsichtig. Bis auf den verletzten Kopf hatte er sich nichts bei dem Sturz getan. Aufmerksam ging er die Wände des Zimmers ab und betrachtete die sonderbaren Portraits.

»Gefällt Ihnen meine Galerie?«

David zuckte zusammen, als hätte man ihn bei etwas Verbotenem erwischt.

Sein seltsamer Gastgeber stand plötzlich neben ihm. Jetzt fiel ihm auf, dass dieser fast zwei Köpfe kleiner war, als er selbst. Er wirkte fast wie ein Kind. Doch seine furchige Haut verriet, dass er schon viele Lenze zählen musste.

»Sehr interessant«, murmelte David.

»Ich habe sie alle selbst fotografiert.« Der Stolz in seiner Stimme wurde noch durch seine Geste gesteigert, indem er David eine antike Kamera unter die Nase hielt. Es war eine dieser Modelle, bei der man das Objektiv mittels einer Art ledernen Ziehharmonika herausziehen konnte.

»Wow«, stieß David begeistert hervor. »Die sieht aber sehr wertvoll aus.«

Der Mann zuckte mit den Schultern. »Sie funktioniert auf jeden Fall hervorragend.«

In diesem Moment ertönte eine Türglocke.

»Sie sollten sich wieder ins Bett legen. Wahrscheinlich haben Sie eine Gehirnerschütterung«, warf ihm der Mann an den Kopf, bevor er eilig hinaus huschte, um, wie David annahm, zu öffnen.

David gab dem Mann in seinem Inneren recht und bewegte sich langsam wieder Richtung Bett. Als er am Fenster vorbeikam, konnte er es sich nicht verkneifen, einen Blick zu riskieren, wer denn da gekommen sein könnte. Er beugte sich ein Stück nach vorn und konnte so erkennen, dass sein Gastgeber einen Mann mit Hut in einem schwarzen Anzug herzlich begrüßte. Auf dem Hof vor dem Haus stand ein dunkelblauer Wagen deutschen Fabrikats. Doch David wusste nicht, ob er dem ankommenden Gast oder dem Hausherrn gehörte. In seinem Kopf begann es nun wieder zu pochen und er legte sich vorsichtig in das Bett. Nachdem er seinen – nun leider schon recht kalten – Kaffee getrunken und das Sandwich verputzt hatte, drehte er sich auf die Seite und döste vor sich hin.

Plötzlich erwachte er von einem lauten Krachen, als hätte jemand ein Tor zugeschlagen. David fuhr auf. Der Blick zum Fenster verriet ihm, dass die Sonne untergegangen war. Sein Zeitgefühl war völlig durcheinander. Er hatte keine Ahnung, wie lange er sich bereits in dem Haus aufhielt, geschweige denn, wie lange er gerade geschlafen hatte. War es später Abend oder schon früher Morgen?

Er ging zum Fenster und betrachtete das im Rot erstrahlende Bergpanorama. Abendrot? Oder war es das Morgenrot? Er wusste es nicht. Der Hof vor dem Haus war verlassen. Das Auto verschwunden. Der Gast war offenbar wieder abgefahren.

Eine Tür knarrte. Sein Blick folgte dem Geräusch. Gegenüber dem Wohnhaus, in dem er sich befand, stand eine alte Scheune Im fahlen Dämmerlicht erkannte er, wie sein Gastgeber aus einer der Türen trat. David glaubte, für einen Augenblick das bekannte Symbol eines Sterns auf der Motorhaube eines Wagens in der

Scheune zu sehen. Vielleicht gehörte das Auto also doch dem kleinen Mann.

Kaum hatte er den Gedanken zu Ende gedachte, ertönte hinter ihm dessen Stimme. »Wie gut, dass es Ihnen besser geht. Ich habe Ihre Kleidung gewaschen und gebügelt. Ziehen Sie sich um, ich erwarte Sie unten zum Dinner.«

David fuhr erschrocken herum und erhaschte für den Bruchteil einer Sekunde einen Blick in dessen funkelnde Augen. Dann eilte das Männchen auch schon wieder davon.

Die spröde Einladung ließ David zunächst verdutzt stehen. Schließlich zog er sich die bereitgelegte Kleidung über und bemerkte dabei, dass er die ganze Zeit ein altmodisches, weißes Nachthemd getragen hatte. Amüsiert lachte er in sich hinein. Vor einem fast blinden Spiegel wollte er sein Aussehen kontrollieren und musste überrascht feststellen, dass der Verband um seinen Kopf entfernt worden war. Suchend strich er mit den Fingern über seine Stirn und sein Haar, fand jedoch keinerlei Verletzung.

Verstört begab er sich auf den dusteren Gang. Auch dieser war über und über mit schwarz-weiß-Porträts verschiedenster Personen regelrecht tapeziert. Alle Bilder waren sorgsam gerahmt, jedoch recht willkürlich aufgehängt.

Während David die Bilder betrachtete, führte ihn sein Weg eine schmale gewundene Treppe hinunter. Im Erdgeschoss drang Licht aus einem Raum. Er lenkte seine Schritte in Richtung des einladenden Schimmers. Auch in diesem Stockwerk hingen die Wände voll mit

Fotografien. Die Menschen schienen aus unterschiedlichen Epochen zu stammen. Oder waren sie vielleicht in Kostümen aufgenommen worden? David erkannte Männer in Anzügen mit Hüten, Frauen mit kunstvoll hochgesteckten Frisuren, Jungen in Baseballshirts, Polizisten, Geistliche – sogar eine Mutter mit einem Baby auf dem Arm. Ein leichtes Unbehagen regte sich in ihm, doch er ließ sich nichts anmerken.

Dann wanderte Davids Blick zurück zu dem einladenden Lichtschein. Er betrat den Raum und stand in einem großen Speisezimmer. Sein Gastgeber saß am Ende einer langen Tafel, die mit den köstlichsten Speisen gedeckt war. David deutete eine Verbeugung an und kam sich gleich darauf lächerlich vor. Doch der Mann nahm die Geste sehr ernst, erhob sich und verbeugte sich ebenfalls. Mit einer einladenden Handbewegung wies er David den Platz am gegenüberliegenden Ende der Tafel zu.

Während des Essens kam kein rechtes Gespräch in Gang. Der Gastgeber fragte ihn lediglich einmal: »Was hat Sie des Nachts in die Berge geführt?«

David antwortete darauf wie in Trance: »Meine Frau.«

Dies entlockte dem Mann ihm gegenüber ein kühles Lächeln. »Ah, interessant«, murmelte er, bevor sein Arm einen weitreichenden Bogen durch den Raum beschrieb. »Ich hätte da einige zur Auswahl.«

Ein kalter Schauer lief David über den Rücken. Das Unbehagen, das ihn zuvor beschlichen hatte, wuchs ins Unerträgliche.

Um die Situation zu entschärfen, fragte er hastig: »Was ist eigentlich aus meinem Auto geworden?«

»Oh, ich habe es repariert und in der Scheune abgestellt. Es funktioniert wieder.«

»Wirklich?«, fragte David hoffnungsvoll. Der Gedanke an das Auto ließ ihn sofort einen Plan fassen: Er würde morgen früh so schnell wie möglich abreisen.

»In der Tat«, sagte Herr Tofeles. Durch das Kerzenlicht auf dem Tisch schienen seine Augen noch stärker zu funkeln als zuvor.

David erhob sich. Er wollte nach oben gehen. Doch auch Tofeles erhob sich und trat dicht an David heran.

»Ich liebe meine Fotos«, flüsterte er. Dabei schob er David unaufhaltsam in Richtung Wand.

»Dürfte ich von Ihnen zum Abschied auch eins machen?« David hörte die Stimme von Herrn Tofeles ganz dicht an seinem Ohr. Es kam ihm seltsam vor, denn der Mann war viel kleiner als er. Ein kalter Schauer erfasste ihn und sein Herz begann zu rasen.

Davids Blick wanderte über die starren Gesichter auf den Bildern, bis er plötzlich innehielt. Seine Augen blieben an einem Porträt hängen: eine etwas pummelige Frau mit ungewöhnlich ernster Miene – Lucille.

Doch der Mann, der nun vor ihm stand, war nicht mehr derselbe, der ihn zuvor bewirtet hatte. Mevis Tofeles war jetzt groß, aufrecht und jung – der Buckel, die gebückte Haltung, all das war verschwunden. In seinen Händen hielt er eine alte Kamera. Seine Augen funkelten bedrohlich, und ein eisiges Lächeln spielte um seine Lippen.

»Bitte recht unfreundlich!«

Der Apparate blitzte grell auf. Ein undefinierter Schmerz durchzuckte David Cutters Körper. Er war geblendet und konnte nichts weiter erkennen, als konturloses Weiß. Dann spürte er etwas Kaltes an seiner Wange. Es fühlte sich an wie eine Fensterscheibe.

Er versuchte sich zu bewegen und musste mit Entsetzen feststellen, dass er in einem engen Raum eingepfercht war. Es war immer noch sehr hell um ihn herum. Wahrscheinlich war er vom Blitzlicht des Fotoapparates noch geblendet, mutmaßte er. Seine Augen brauchten etwas Zeit, um sich an das Licht zu gewöhnen. Doch seine Ohren vernahmen nun Geräusche. Sie wurden lauter und lauter. Er konnte Stimmen unterscheiden, verzweifelte Stimmen, Schreie und Hilferufe.

Schließlich sah er die Rahmen. Die Porträts, die zuvor starr und leblos gewirkt hatten, lebten! Die Menschen in den Bildern bewegten sich. Sie hämmerten gegen das Glas, schrien, flehten verzweifelt um Hilfe.

Die Tür öffnete sich und ein junges Mädchen trat ein.

»Das sind ihre preisgekrönten Fotos?«, fragte sie bewundernd und musterte die Bilder eins nach dem anderen.

»Ja«, erklang die Stimme von Tofeles. Doch sie war verändert, kräftig und selbstsicher. Der Mann mit der Kamera war nicht mehr bucklig, sondern stand aufrecht, war jung und schön und strahlte eine unheimliche Präsenz aus.

David zuckte zusammen und als das Mädchen sein Bildnis betrachtete, begann er wie wild zu schreien und gegen das Glas zu hämmern. Ihre Augen kamen ganz nah, doch sie schien ihn nicht zu hören. Einen Moment später wandte sie sich einem anderen Porträt zu.

Der jugendliche Tofeles trat an David heran, ein grausames Grinsen auf seinem Gesicht. Er schnippte mit dem Finger gegen das Glasgefängnis. Der Klang hallte dröhnend in Davids Kopf wider.

»Ich versuche mit meinen Bildern die Seele des Menschen einzufangen«, erklärte Tofeles, während das Mädchen beeindruckt nickte.

Beim weitergehen blickte Mevis Tofeles David Cutter noch einmal direkt in seine vor Grauen aufgerissenen Augen. »Faszinierend, nicht wahr?«

Die Geschichte war ein Beitrag zur
Phantastischen Miniatur
Observation, die 2021 erschien.

Eine Fotografin ist einem
Wesen auf der Spur.
Doch ist eine Kamera das geeignete
Mittel, um es zu überführen?

SPIEGELREFLEX

Leyla drückte sich tiefer in den Schatten der Hausecke. Sie blickte durch den Sucher der Kamera. Unter der Laterne auf der anderen Straßenseite wartete eine Frau, vielleicht auf ein Taxi oder jemanden, der sie abholen sollte. Sie war blond und jung und trug ein rotes Abendkleid. Sie passte genau in das Beuteschema des Serienkillers, der seit einigen Wochen die Stadt in Angst und Schrecken versetzte.

Leyla hatte sich vorgenommen, den Killer zu entlarven. Deshalb observierte sie jede Nacht einige Frauen, die in das Schema des Mörders passten, um ihn bei frischer Tat zu ertappen und eventuell ein Foto von ihm zu schießen. Er sollte damit seiner gerechten Strafe zugeführt werden. Vielleicht war es ihr dadurch sogar möglich, einige Leben zu retten.

Auf der anderen Straßenseite tat sich etwas. Die Frau sprach mit jemandem und gestikulierte mit den Händen. Leyla blickte angestrengt durch den Sucher, konnte jedoch niemanden außer der Blondine erkennen. Das Licht der Laterne fiel matt auf die Gestalt der Frau. Es bahnte sich seinen Weg bis zu ihrer Kamera, fiel auf das Objektiv, passierte einige Linsen, traf den Spiegel der Spiegelreflexkamera, wurde von ihm abgelenkt, durch den Sucher auf die Netzhaut von Leylas Auge geschickt. Das projizierte Bild gelangte so über den Sehnerv in Leylas Gehirn.

Damit sich das Bild genauso in der Kamera speicherte, musste sie einige Einstellungen vornehmen. Es war dunkel, doch der Blitz war zu langsam, zu verräterisch und reichte zudem nicht bis auf die andere Straßenseite. Also stellte sie die Empfindlichkeit höher. ISO auf 6000. Sie öffnete die Blende, so weit es ging, um möglichst viel von dem bisschen Licht in der Nacht hindurchzulassen. Blende F 1.8 stellte sie ein. So konnte sie die Belichtungszeit mit 1/200 Sekunden sehr geringhalten und ein etwaiges bewegtes Motiv klar darstellen.

Während sie die Einstellungen tätigte, blickte sie weiter durch den Sucher. Plötzlich nahm die Frau eine groteske Haltung ein, zappelte wild mit den Armen, beruhigte sich allmählich und sackte dann auf dem Boden zusammen. Leyla erstarrte. Sie drückte auf den Auslöser und die Kamera schoss blitzschnell eine Reihe von Fotos. Kurz ließ Leyla den Blick am Sucher der Kamera vorbeiwandern und meinte, dass eine dunkle Gestalt sich eilig von der Frau entfernte und in eine Gasse floh. Schnell legte sie die Augen wieder an das Gerät und drückte den Auslöser hinunter. Im Display kontrollierte sie die Aufnahmen, konnte jedoch außer der fallenden Frau im roten Kleid niemanden erkennen. Jetzt wurde ihr wieder bewusst, dass die Frau verletzt sein könnte. Schnell blickte sie sich um und rannte hinüber zu ihr.

Die Frau lag auf dem Boden mit aufgerissenen Augen, die ins Leere stierten.

Leyla durchzuckte Angst. Sie wollte gerade das Handy aus der Tasche ziehen, um Hilfe zu rufen, als ein leises Poltern aus der dunklen Gasse zu hören war. Der Mörder war also noch in der Nähe und sie könnte ihn entlarven. Sie nahm die Kamera erneut ans Auge und blickte durch den Sucher. Langsam bewegte sie sich vorwärts. Die Gasse erschien im trüben Licht, dass über den Umlenkspiegel in ihr Auge projiziert wurde, menschenleer.

Vorsichtig schlich sie weiter, wendete den Kopf mitsamt der Kamera langsam nach links und rechts und schoss vorsichtshalber ein paar Fotos, auch wenn sie eigentlich nichts Verdächtiges bemerkte.

Plötzlich legte sich eine Hand auf ihre Schulter. Ein kalter Atemhauch traf ihren Nacken. »Guten Abend, Leyla«, hauchte eine dunkle männliche Stimme in ihr Ohr.

Leyla erstarrte und blieb wie versteinert stehen.

»Ich habe dich in den letzten Tagen beobachtet. Hast du nach mir gesucht?« Die Stimme war freundlich und erregend.

Leylas Nackenhaare stellten sich auf. »Vielleicht«, gestand sie zögerlich. »Wenn Sie derjenige sind, der diese Frauen getötet hat.«

»Getötet. Das hört sich grausam an, nicht wahr?«

Leyla spürte, wie der Unbekannte seine Lippen auf ihren Hals legte. Sie fühlten sich kalt an.

»Menschen zu töten ist grausam!«, antwortete sie.

»Für mich ist es eine Notwendigkeit, um zu überleben«, hauchte der Mann.

Leyla wendete mit der Kamera langsam den Kopf. Doch da war nur die Gasse mit Blick auf die Laterne an der Straße, unter der die Frau lag.

Eine Hand drückte ihre Kamera nach unten und nun, durch ihre eigenen Augen ohne das Objektiv dazwischen, sah sie einen jungen Mann vor sich. Er hatte sehr helle Haut und langes dunkles Haar.

»Durch dieses Ding kannst du mich nicht sehen«, gestand er mit leiser Stimme.

»Wie sollte das zu erklären sein?«, fragte Leyla. Obwohl ihre Stimme Gelassenheit suggerierte, zitterte sie vor Angst.

»Das weißt du doch ganz tief in deinem Inneren.«

»Nein.«

»Überlege mal, wie das Licht von mir durch die Kamera in dein Auge fällt.«

Jetzt dämmerte es ihr. »Durch den Spiegel«, überlegte sie laut.

»So ist es. Und wie sich in den Jahrhunderten unserer Existenz herumgesprochen hat, kann man uns nicht in einem Spiegel sehen.«

»Also auch nicht durch eine Spiegelreflexkamera«, gestand Leyla dem Fremden zu.

Er lächelte, entblößte seine Fangzähne und biss ihr in den Hals.

Die Spiegelreflexkamera glitt Leyla aus den Händen und fiel zu Boden. Dabei schoss sie eine Reihe von Bildern, die zeigten, dass Leyla allein in der Gasse gestanden hatte und plötzlich offenbar grundlos in sich zusammengesackt war.

Zwei rote Blutrinnsale rannen an ihrem Hals herunter.

Dies ist eine überarbeitete Version
einer meiner ersten Geschichten.
Sie war 2013 in meinem Erzählband
Fremde Welt veröffentlicht, der
nicht mehr erhältlich ist.

Dich erwartet eine Reise in eine
phantastische Welt.

REISE IN DEN KOSMOS

Prolog

Der Weltraum – ein gigantischer schwarzer Raum. Dunkelheit. In der Ferne blinken helle Sterne. Je genauer ich hinsehe, desto mehr Sterne sehe ich und umso tiefer und unergründlicher erscheint mir die Weite des Alls.

Ich fliege mit ungeheurer Geschwindigkeit auf die Sterne zu und sie werden größer und größer, und ich kann Unterschiede in der Form und Farbe erkennen. Manche leuchten rötlich, andere strahlen blau, und wieder andere blenden in strahlendem Weiß. Alles ist in Bewegung und ich weiß nicht, ob ich auf die Sterne zufliege oder ob sie auf mich zufliegen. Die Form der Sterne ist unterschiedlich. Einige sind Kugeln und andere flache Scheiben. Doch was ist das? Die Sterne entpuppen sich als Nebel und beim Näherfliegen kann ich sogar schon die

einzelnen Nebeltröpfchen erkennen – es sind giganti-
sche Ansammlungen von Sonnen. Es sind Galaxien.
Unendlich viele Galaxien! Jeder Lichtpunkt ist eine
Galaxie.

Einige sind kugelige Haufen, andere sind unregel-
mäßige Wolkenanordnungen und viele von ihnen sind
linsenförmig mit spiralartig angeordneten Armen. Drei
Arme, zwei Arme. Ich fliege auf einen der zweiarmigen
Spiralnebel zu. In der Mitte glüht er blendend weiß, da
sich dort die Sonnen häufen und mit großer Geschwindigkeit um das Zentrum sausen. Am Rand, in den Spi-
ralarmen, ist weniger Bewegung. Hier drehen sich die
Sterne langsamer um das Zentrum der Galaxie.

Ich fliege in einen der Spiralarme und die Sonnen
gewinnen an Abstand untereinander. Sie sind von der
Nähe aus betrachtet weit voneinander entfernt. Ich um-
kreise eine der glühenden Gasbälle und entdecke, dass
andere Himmelskörper um die Sonne kreisen. Acht Planeten, um die sich wiederum Monde bewegen. Vier der
Planeten haben Ringe um ihren Äquator, einer davon
besonders auffällige. Der dritte Planet ist blau und der
vierte rot. Der blaue Planet sieht verlockend aus und ich
fliege näher heran. Ein Mond umkreist ihn. Wasser-
dampf umhüllt die Oberfläche des Planeten an einigen
Stellen – Wolken. Unter dieser Wolkenschicht gibt es
Wasser und Land. Eine Menge Wasser, gewaltige Oze-
ane. Das Land ist braun und gebirgig, an einigen Stellen
auch mit grünen Wäldern bedeckt. Die Polkappen des
Planeten sind weiß, bedeckt mit ewigem Schnee und Eis.

Ich schwebe nicht mehr allein durch die sauerstoff-
haltige Luft. Wesen mit befederten Schwingen kreuzen

meinen Weg – Vögel. Dann rast ein stählerner Vogel donnernd an mir vorbei und reißt mich ein Stück mit.

Unter mir ist jetzt ein Fluss an dessen Ufer die Bewohner dieses Planeten eine gigantische Siedlung errichtet haben. Gewaltige Bauten ragen in den Himmel, dazwischen Straßen – voll mit Fahrzeugen und Wesen – Menschen. Ein Gewimmel.

Stadt

»Taxi!«, rief die junge Frau und winkte einem der beigen Fahrzeuge zu.

Der Regen prasselte in Strömen vom Himmel. Sie versuchte sich mit einer Zeitung gegen das Unwetter zu schützen. Der cremefarbene Mercedes raste an ihr vorbei und ein Schwall Wasser, aus einer der unzähligen Pfützen am Fahrbahnrand, ergoss sich über ihr blaues Kostüm und den hellgrauen knöchellangen Mantel.

»So ein Mist! Auch das noch!«, fluchte sie genervt.

Es war November, der traurige Monat. Doch nicht für die Geschäftsleute. Das Weihnachtsgeschäft lief auf Hochtouren. Die Straßen waren voll mit Menschen. Es war schon spät und dunkel, doch die Schaufenster erstrahlten in den schönsten Farben. Weihnachtsstimmung lag in der Luft, ein sanfter Hauch von Zimt und Vanille begleitete die kühle Winterbrise, während die Auslagen der Geschäfte in glitzerndem Glanz erstrahlten. Weihnachtsbäume mit funkelnden Lichtern, prächtig dekorierte Nikoläuse, und bunte Geschenkverpackungen reihten sich in den Fenstern aneinander.

Daneben prangten die neuesten Smartphones, Gaming-konsolen, Fahrräder, Puppen, Teddys und eine schier endlose Vielfalt an Spielsachen – alles mit einem verlockenden Lächeln, das die kauffreudigen Passanten zu sich rief. Und wer sich noch nicht schlüssig war, was er seinen Liebsten zum Fest der Liebe unter den Plastikbaum legen sollte, wurde mit »Oh du selige, oh du fröhliche...« oder »Stille Nacht, heilige Nacht...« berieselt, bis auch der letzte Cent von seinem Bankkonto den Weg in eine der Computerkassen gefunden hatte und eine weitere Tüte am Handgelenk baumelte.

Die junge Frau gab den Plan auf, mit dem Taxi nach Hause zu fahren und ging ein Stück die Straße hinunter in Richtung der Bushaltestelle. Sie hatte einen anstrengenden Tag hinter sich, denn auch in dem Verlag, bei dem sie arbeitete, schlug die Weihnachtszeit Bugwellen und jeder müsste drei Beine und vier Arme haben, um rechtzeitig mit der Arbeit fertig zu werden. Überstunden waren jetzt obligatorisch.

Der Bürgersteig nahe den Schaufenstern war überdacht und bot Schutz vor dem Regen. Sie drückte sich nah an die Hauswände und Schaufenster, um den Wassermassen zu entgehen, doch das war nicht so einfach bei den Menschenmengen in den Straßen. Wenn sie an einer Ladentür vorbeikam, musste sie darum kämpfen, nicht von den hineinströmenden oder wieder herausströmenden Menschen mitgerissen zu werden. Drei Läden hatte sie so überstanden, doch jetzt an der Parfümerie hatte sie den Kampf verloren und fand sich nun im Inneren des Geschäfts wieder. Aus jeder Ecke drang ihr ein anderer Duft in die Nase. Die Gerüche der

Parfüms, Rasierwasser und anderen Mittelchen, vermengten sich in dem mit Menschen überfüllten Raum zu einer überwältigenden Mischung von Düften. Ihr wurde übel und sie fragte sich, wie die Verkäuferinnen, in ihren rot-grünen Kostümchen und den Rentiergeweihen auf dem Kopf, das jeden Tag aushalten konnten. Sie versuchte sich wieder den Weg zur Tür freizukämpfen, landete jedoch an einem Probierstand.

»Hier, meine Dame, versuchen Sie doch einmal dieses Eau de Toilette.« Die Frau hinter dem Stand wedelte ihr mit einem Papierstreifen vor der Nase herum, so dass ihr noch übler wurde.

»Nein Danke!«, lehnte sie freundlich lächelnd ab und wollte sich weiter durch das Gewirr von Regenmänteln drängen.

»Wie gefällt Ihnen dieser Duft?«, fragte die Frau weiter und hielt ihr ein Fläschchen unter die Nase. Sie blieb abrupt stehen. Dieser Duft war angenehm, ja geradezu einladend. Sie sog ihn tief ein und fühlte sich gleich entspannter.

Die Verkäuferin merkte es und hielt ihr eine gläserne Flasche mit einer gelben geligen Flüssigkeit vor die Augen.

»Das ist *Traumland* – ein Badezusatz. Der neuste Duft auf dem Markt.«

Die junge Frau konnte sich dem nicht entziehen. Dieses Bademittel musste sie haben. Die Verkäuferin wickelte es kunstvoll in goldenes Papier mit einer riesigen Schleife daran und geleitete sie zu einer der Kassen. Die Flasche war sündhaft teuer, doch nun konnte sie nicht mehr zurück. Endlich fand sie den Weg aus dem grell beleuchteten und duftschwangeren Geschäft auf die nächtliche Straße zurück. Die Menschenmenge draußen war jedoch nicht weniger geworden, doch der Regen hatte aufgehört und mit ihrer knallbunten Tüte am Handgelenk unterschied sie sich nun nicht mehr von den anderen Passanten.

Die Bushaltestelle war auch voll mit Menschen. Ein kleines Kind in einem Kinderwagen schrie beständig und der Mutter gelang es nicht, es zu beruhigen. Ein Obdachloser saß an der Rückseite des Wartehäuschens mit einem Pappschild, auf dem er sein Leid klagte und einem Hut in den auch sie einen Euro hineinwarf.

Endlich kam der Bus und sie drängte sich durch die Tür. Eingezwängt wie Ölsardinen in der Büchse stand sie zwischen den anderen Leuten. Sie hatte das Gefühl, dass an den Haltestellen für zwei ausgestiegene Passagiere vier neue in das Verkehrsmittel drängten. Endlich kam ihre Haltestelle und sie stieg aus. Wohltuende Einsamkeit umgab sie. Hinter der Sankt Martins Kirche, bog sie in die Klostergasse ein. Die Straße war beidseitig von verklinkerten fünfstöckigen Häusern gesäumt. Sie sahen sehr gepflegt aus, denn sie waren noch keine drei Jahre alt und man musste schon recht gut verdienen, um sich hier eine Wohnung leisten zu können.

Seit sie alleine lebte, musste sie ihr Geld schon zusammennehmen, um hier wohnen bleiben zu können. Nach der Trennung von Sven, hatte sie es einfach nicht geschafft, sich eine preiswertere Wohnung zu suchen. Sie wollte es eigentlich auch nicht, denn irgendwie hing sie an dem Appartement.

Sven war Reporter für einen Fernsehsender. Am Anfang ihrer Beziehung schien alles gut zu funktionieren. Er lebte gerade in Scheidung von seiner Frau. Doch mit der Zeit hatten sie oft Meinungsverschiedenheiten. Wahrscheinlich konnte er es nicht überwinden, dass er von seinem zweijährigen Sohn getrennt worden war, den er nur noch an jedem zweiten Wochenende sehen konnte, denn er begann immer öfter gefährlichen Stories in den zahlreichen Krisengebieten der Welt hinterherzujagen. Sie hatte ständig Angst, dass er auf eine Miene treten oder von einer Kugel oder Granate getroffen werden könnte. Einer seiner Kollegen wurde in Ostasien von einer militanten Splittergruppe als Geisel in den Dschungel verschleppt. Als man nach sechs Monaten immer noch kein Lebenszeichen von ihm erhalten hatte, wurde er einfach zu den Akten gelegt – niemand kümmerte sich mehr um den Fall. Diese Angst hatte sie nicht länger ertragen und sie beschloss, sich zu trennen. Er hing viel zu sehr an seinem Job, als dass er ihn hätte für sie aufgeben können oder gegen einen ruhigen Schreibtischjob eintauschen wollen.

Sie vermisste ihn sehr, deshalb vergrub sie sich immer mehr in ihrer eigenen Arbeit. Vor zwei Wochen wurde sie dann zur Abteilungsleiterin für wissenschaftliche Publikationen des Verlags ernannt. Der Job machte Spaß, vor allem die Arbeit mit den teilweise reichlich verrückten wissenschaftlichen Autoren. Doch es war auch sehr stressig.

Aus der Tiefgarage drang Licht durch das große Rollgitter und beleuchtete die Straße bis zur gegenüberliegenden Seite. Das Spiel von Licht und Schatten malte ein Karomuster auf den nassen Asphalt. Sie blieb an der Haustür stehen und kramte in ihrer Aktentasche nach dem Schlüssel. Keine Minute zu früh schlüpfte sie durch die Tür, denn es begann wieder zu regnen – diesmal so heftig, dass die Tropfen ein lautes Trommeln verursachten, wie Buschtrommeln im Regenwald.

Sie nahm die Treppe in die dritte Etage. Es gab zwar auch einen Aufzug, doch sie gönnte sich das bisschen Bewegung. Vor der Wohnungstür mit dem Schild *Alexandra Folkerts und Sven Andersen* blieb sie stehen und schloss auf.

Das Schild muss ich auch mal ändern, dachte sie.

Kaum hatte sie den Flur betreten und das Licht angeschaltet, wurde sie sofort von vier Samtpfötchen begrüßt. Der grau-schwarz getigerte Kater strich ihr schnurrend um die Beine. Sie legte die Aktentasche und den Mantel ab, zog die Schuhe aus und brachte die bunte Tüte ins Badezimmer.

Der Kater schmiegte sich weiterhin an ihre Beine, und sie bückte sich zu ihm hinunter, legte eine Hand unter seinen Bauch und hob ihn hoch. Zärtlich presste sie ihn an ihre Brust und kraulte ihn hinter den Ohren. Er schnurrte und schloss die Augen.

»Na, Sylvester, was hast du heute den ganzen Tag gemacht?«

In der Küche öffnete sie eine Dose und füllte den Inhalt in seinen Napf. Zufrieden begann Sylvester zu fressen. Danach ging sie ins Bad und ließ warmes Wasser in die Wanne laufen. Im Kühlschrank fand sie noch eine Flasche Sekt und schenkte sich ein Glas ein. Mit dem

Sekt und einem Buch bewaffnet kehrte sie ins Bad zurück. Sie nahm eine Flasche Schaumbad aus der bunten Tüte und schüttete etwas von dem gelben Gel ins Wasser. Als sie es mit der Hand verrührte, färbte sich das Wasser zu ihrem Erstaunen grün, wie eine Lagune.

Sie zog sich aus und ließ sich in das warme Wasser gleiten. Der angenehme Duft des Schaumbads umhüllte sie, während ihr Kopf entspannt auf dem Wannenrand ruhte. Endlich war sie zu Hause. Der Sekt prickelte verführerisch auf ihrer Zunge, und sie spürte, wie die Anspannung des Tages langsam von ihr abfiel.

Mikroben

Alexandra lag in der Wanne, eingehüllt vom grünen Wasser und dem süßen Duft des Schaumbads. Plötzlich fiel ihr Blick auf ihre Hände. Es war, als ob ihre Finger sich von ihr entfernten – doch sie bewegte sich nicht. War das schon die Wirkung des Sekts? Sie sah genauer hin. Ihre Finger wurden kleiner.

Erschrocken setzte sie sich auf. Ihr wurde schwindelig, Benommenheit überkam sie. Nicht nur ihre Finger, auch ihre Arme und Beine schienen zu schrumpfen. Oder wuchs der Raum um sie herum? Sie konnte es nicht begreifen.

Alexandra schrumpfte – unaufhaltsam. Das grüne Wasser der Wanne wurde zu einem riesigen Ozean, der sie umgab. Sie kämpfte, um nicht unterzugehen, doch sie wurde immer kleiner und trieb plötzlich zwischen grünen Klumpen, die wie Pigmente des Badezusatzes wirkten. Um sie herum schwebten seltsame, fast durchsichtige Kreaturen. Gigantische, schlangenähnliche Wesen glitten durch das grüne Wasser. Alexandra verspürte Angst, doch diese Wesen hatten weder Augen noch Münder, keine bedrohlichen Zähne. Waren das... Bakterien?

Der Schrumpfungsprozess setzte sich fort, und bald wurde es um sie dunkel. Sie sah leuchtende Nebelhaufen, die mit rasender Geschwindigkeit an ihr vorbeisausten. Mit jedem Moment wurden diese Gebilde größer, ihre Bewegungen langsamer. Waren das Moleküle? Sie erinnerten sie an Galaxien – Galaxien, die aus zahllosen Sternen bestanden.

Alexandra wurde weiter und weiter kleiner. Bald erreichte sie die Größe eines Atomkerns. Vor ihr schwebte ein gigantischer, leuchtender Gasball, der wie ein Stern hell strahlte. Um ihn kreisten winzige Teilchen wie Planeten um eine Sonne – Elektronen. Sie schrumpfte noch mehr und fand sich schließlich in der Nähe eines Elektrons wieder. Sie schwebte um das kugelförmiges Elementarteilchen herum.

Noch immer wurde sie kleiner. Jetzt konnte sie Details erkennen: Drei noch winzigere Kugeln umkreisten das Elektron. Es erinnerte sie an einen Planeten mit seinen Monden, mitten in einem grenzenlosen All. Als sie weiter schrumpfte, sah sie Wolken, die um diesen Planeten wirbelten. Sie stürzte darauf zu, wurde von den Wolken verschlungen. Schwindel überkam sie und alles wurde schwarz.

War sie in den Mikrokosmos eingetaucht? Das konnte nur ein Traum sein.

Gestrandet

Sie erwachte. Es war nur ein Traum gewesen, aber ein seltsam realer Traum. Sie hatte die Augen geschlossen, doch sie spürte, dass sie immer noch im Wasser der Badewanne lag. Es war kalt geworden. Sie musste eingeschlafen sein.

Doch plötzlich drangen Geräusche an ihr Ohr. Es hörte sich an wie die Brandung eines Meeres – immer lauter und lauter und das Wasser um sie herum war in Bewegung. Es kam in großen Wellen, umspülte ihren Körper und zog sich zurück, um erneut heran zu rollen und sie hinein zu tauchen.

Abrupt öffnete sie die Augen. Sie lag an einem wießen Strand. Ein unendliches Meer ergoss sich zu ihrer rechten Seite und umspülte sie in regelmäßigen Abständen mit den grünen Wellen. Sie hatten die gleiche Farbe, wie das Wasser in ihrer Badewanne. Auf der linken Seite erstreckte sich ein weiter blendend-weißer Strand. Über einer vielleicht zehn Meter aufragenden und unten ausgehöhlten Düne begann ein Wald. Unheimliche Geräusche drangen daraus hervor.

Die Sonne stand schon tief, aber immer noch blendend am hellblauen Himmel über der Grenze zwischen Wald und Meer. Ein großer Halbmond berührte fast die Oberfläche des Ozeans. Seltsame, dunkelblau glänzende kleine Tiere zogen Spuren durch den feinkörnigen Sand. Sie ähnelten kleinen Krabben, doch die Farbe war sehr unreal. Die Luft roch nach dem Salz des Meerwassers und den Blüten des nahen Dschungels.

Alexandra rieb sich die Augen, in der Hoffnung, einen Traum zu verscheuchen. Doch das Meer und der Strand mit dem über die Düne wuchernden Urwald verschwanden nicht.

Plötzlich färbte ein Schatten den Sand vor ihren Füßen ocker. Sie blickte verschreckt auf und in blaue Augen in einem sonnengebräunten Gesicht, das von schwarzem kurzem Haar umrahmt war.

Es war ein Mann. Er sah sie erstaunt an und ihr wurde bewusst, dass sie völlig nackt war. Schließlich war sie gerade aus ihrer Badewanne an diesen seltsamen Ort katapultiert worden. Er musterte sie, merkte, wie sie errötete, legte seine Waffe in den Sand und zog sein Hemd aus. Es hatte eine bräunliche Farbe, gemustert wie die Maserung von Holz, ebenso wie seine engen Hosen. Er legte es ihr um und sie zog es sich schnell über. Jetzt stand er da mit entblößtem Oberkörper und sie konnte eine kleine Narbe in der Nähe seines Herzens erkennen. Er hatte etwas Indianisches an sich, doch nichts Bedrohliches.

»Woher kommst du?«, fragte er und sie war erstaunt, dass er ihre Sprache sprach. Aber vielleicht sprach er ja auch eine andere Sprache und sie war nur wunderbarerweise in der Lage, sie zu verstehen. Alles war möglich, denn alles war so unmöglich.

Sie wusste nicht, was sie darauf antworten sollte. Es gab keine Worte dafür, woher sie kam.

»Ich weiß nicht«, sagte sie zögernd und er zog die Augenbrauen zusammen. Wahrscheinlich hielt er sie für verrückt oder geistig verwirrt.

Er half ihr auf die Beine.

»Ich heiße Danju. Weißt du wenigstens, wie du heißt?«, fragte er sie lächelnd. Dasselbe Lächeln, das sie an Sven so geliebt hatte.

»Alex...«, sagte sie und sprach den Namen nicht zu Ende. Sven mochte die Abkürzung Alex.

»Alex, ein seltsamer Name«, antwortete der junge Mann und nahm seine Waffe wieder auf. Sie schien aus einer Art Metall gemacht und hatte große Ähnlichkeit mit einem kurzen Gewehr oder einer abgesägten Schrotflinte.

»Bist du so was wie ein Schiffbrüchiger? Du scheinst nicht von hier zu stammen«, stellte er fest und streift mit den Fingern ihr Haare.

»Ja, so eine Art Schiffbrüchige. Vielleicht bin ich auch vom Himmel gefallen«, fügte sie lächelnd hinzu. Sie wollte einen Scherz machen, aber er sah sie erstaunt an.

»Vielleicht bist du das«, antwortete er irritierend ernst. »Es ist aber gefährlich nachts hier alleine herumzulaufen, ohne eine Waffe und ohne ...«, er lächelte, »... Bekleidung.«

Sie blickte verlegen zu Boden.

»Ich habe keine Ahnung, wie ich hier hergekommen bin und ich weiß nicht, wo ich hin soll«, sagte sie.

Sie hatte wirklich keine Ahnung, was sie hier machen sollte. Sie musste irgendwie eine Möglichkeit finden, zurück in ihre Welt zu kommen. Doch sie wusste ja noch nicht mal, unter welchen Umständen sie hierher gelangt war. Außerdem schienen die physikalischen Gesetze ziemlich aus dem Gleichgewicht zu sein. So eine Welt dürfte es gar nicht geben.

»Da es bald dunkel wird, ist es wohl besser, wenn du erst mal mitkommst«, meinte er nach kurzem Überlegen.

Er ging voraus auf die Düne zu und sie folgte ihm. Er war mindestens einen Kopf größer und das Hemd war fast ein Kleid für sie. Trotzdem kam sie sich noch irgendwie nackt vor und hatte ein bisschen Angst vor ihm. Er war ein fremder Mann in einer fremden Welt und hatte dazu noch eine Waffe.

Danju kletterte geschickt die Düne hinauf und reichte Alexandra die Hand, um ihr zu helfen. Er überlegte sich, ob sie eine Spionin von Thekaar sein konnte. Das wäre nicht das erste Mal, dass er zu solchen Mitteln gegriffen hätte, um die Seander zu finden. Sie waren schließlich so eine Art Tiere für ihn und er hatte vor, sie alle zu vernichten.

Sie hielt seine Hand fest, denn sie befürchtete, sich in dem Wald zu verlaufen. Danju ging zielstrebig voran, als hätte er einen Weg vor Augen, doch sie konnte keinen Pfad erkennen. Die Bäume ringsum waren gigantisch. Doch die Stämme sahen vertraut aus. Es könnten Bäume auf der Erde sein. Das Laub hatte eine etwas bläuliche Farbe, sah aber trotzdem irgendwie vertraut aus. Ab und zu gab es Bäume oder Büsche mit seltsamen Blättern, die kunstvoll gefaltet schienen, doch auf der Erde gab es sicher auch genug Pflanzen, die sie noch nie zu Gesicht bekommen hatte. Manche trugen Blüten in den wunderbarsten Farben und Formen.

Seltsame Tiere schwirrten durch die Luft. Sie schimmerten bunt und sahen aus wie Vögel. Doch ihre Schwingen glichen eher denen von Schmetterlingen.

Auf einem Ast saß ein graues Tier. Es hatte große schwarze Augen und guckte die vorbeiziehenden Menschen interessiert an. Alexandra erinnerte es an einen Koalabären. Kreischende Laute und seltsam melodische Rufe drangen von allen Seiten auf sie ein. Im Gebüsch knackte es und etwas lief tief brummend davon. Doch sie konnte es durch die dichte Vegetation nicht erkennen.

Alexandra fürchtete sich vor dieser unheimlichen fremden Welt und hielt sich dicht an dem Mann, der zielstrebig einem unsichtbaren Pfad durch den Wald folgte.

Allmählich wurde es dunkler. Jetzt waren schon drei Monde am Himmel zu sehen. Einer davon bewegte sich sehr schnell. Auf einer Anhöhe blieben sie stehen. Vor ihnen öffnete sich der Wald und ließ den Blick auf ein weites Tal frei. Einzelheiten waren aber durch die sie schon umgebende Nacht kaum zu erkennen. Sie konnte den sternenklaren Himmel sehen. Ein weißliches Band zog sich wie die Milchstraße über das Firmament. Doch der Große Wagen war nicht zu sehen und auch sonst kein Sternbild, das ihr bekannt vorkam. Unterhalb des Hügels erstreckte sich das Tal, welches von einem Fluss durchzogen wurde, dessen Wasser im Mondlicht glitzerte. Am Ufer waren mehrere Feuer zu erkennen. Alles sah sehr friedlich aus.

Danju musterte sie unbemerkt von der Seite, um ihre Reaktion zu sehen. Es hatte nicht den Anschein, dass sie eine Spionin war, die gerade gefunden hatte, wonach sie suchte. Sie blickte sich zu ihm um und er entzündete eine kurze Fackel, die ein rötliches Licht versprühte, schwenkte sie in der Luft und unten antwortete jemand mit dem gleichen Lichtzeichen. Dann begannen sie den steilen Abstieg.

»Bleibe immer dicht hinter mir, sonst könntest du in eine der zahlreichen tödlichen Fallen geraten, die hier überall versteckt sind«, warnte er und zog sie an der Hand hinter sich her.

Alexandra hatte ein ungutes Gefühl. Alles sah so friedlich aus, doch über allem schien eine unsichtbare Gefahr zu lauern.

Ein Mann erwartete sie im Tal. Sein Haar war genauso schwarz und kurz wie Danjus. Er musterte Alexandra argwöhnisch. Auch er hatte so eine gewehrartige Waffe in der Hand.

»Sie ist in Ordnung«, erklärte Danju. »Ich fand sie am Strand. Sie kann sich nicht erinnern, woher sie kommt, doch ich glaube nicht, dass Thekaar sie geschickt hat.«

»Es ist gefährlich, Fremde in unsere Siedlung zu bringen«, antwortete der andere.

»Ja, das ist wahr. Wir werden Kabih fragen. Wenn sie von Thekaar kommt, werden wir ihm ihren Kopf schicken«, entgegnete Danju.

Der Mann schien beruhigt und ließ sie passieren. Alexandra wurde ganz schlecht bei dem, was Danju gesagt hatte. Als könne er ihre Gedanken lesen, drehte er sich zu ihr um, während er durch das Gebüsch auf die Feuer der Siedlung zuging und lächelte.

»Du brauchst keine Angst zu haben. Ich weiß, dass du nicht zu Thekaar gehörst. Ich wollte ihn nur beruhigen. Wir haben alle Angst vor den Überfällen dieser Bestie.«

»Wer ist denn dieser Thekaar?«, fragte sie und spürte, dass ihre Knie ganz weich wurden.

Danju blieb stehen und blickte sie ernst an. Hatte sie wirklich keine Ahnung? Sie musste tatsächlich von sehr weit her gekommen sein.

»Thekaar ist der Oberste der Pekaner. Sie kamen vor langer Zeit, als mein Urgroßvater noch ein Kind war, in dieses Land. Sie kamen mit Schiffen und sie haben auch Fahrzeuge, mit denen sie auf dem Land herumfahren können. Sie haben überhaupt viele Maschinen. Zu der Zeit zählte unser Volk, die Seander, noch über dreihundert Stämme, die friedlich zusammenlebten. Es gab die Wasser-Seander, die vom Fischfang lebten, die Wiesen-Seander, sie hatten Tiere gezähmt, und die Wald-Seander, wir leben von der Jagd. Jetzt gibt es nur noch ungefähr fünfzehn Stämme, die weit verstreut leben. Die meisten sind, wie wir, Wald-Seander, da wir in den Tiefen des Waldes mehr Schutz vor Thekaar haben. Es gibt noch ein paar Wasser-Seander, doch sie haben sich unseren Stämmen angeschlossen. Von den Stämmen der Wiesen-Seander haben wir schon lange Zeit nichts mehr gehört.«

Danju wirkte traurig, als er das erzählte und sein Blick war in eine unbekannte Ferne gerichtet.

»Was will dieser Thekaar denn?«

»Er will das ganze Land für sich und sein Volk. Doch überall, wo sie ihre gigantischen Siedlungen erbauen, wird das Land zur Wüste. Sie wühlen in der Erde nach den Steinen, aus denen sie das hier machen.« Er hielt seine Waffe hoch. »Und nach dem roten Wasser, das ihre Maschinen trinken.«

Für Alexandra hörte sich das nach so etwas wie Erdöl an. Diese ganze Geschichte kam ihr irgendwie bekannt vor. Gibt es denn keine Welt, auf der Frieden herrschte? Gibt es denn überall Menschen, die meinten, dass ihre Zivilisation die bessere ist und die sie dann anderen aufdrängen wollen, wenn es sein musste mit Gewalt?

Dorf

Als sie die Siedlung erreichten, wurde Alexandra von vielen Augen ängstlich und argwöhnisch angesehen. Ungefähr zwanzig Hütten standen in mehreren Reihen, aber in loser Ordnung, um einen Platz herum. Auf dem Platz brannten mehrere Feuer, und eine große Anzahl von Seandern hatte sich dort versammelt. Danju hielt auf einen großen, breiten, grauhaarigen Mann zu, welcher der Anführer des Stamms war.

»Wen bringst du da mit, Danju?«, fragte der Mann. Sein Gesicht sah nicht besonders erfreut aus beim Anblick der Fremden.

Alexandra blieb reflexartig hinter Danju. Er war der Einzige, zu dem sie Vertrauen hatte, schließlich war sie seit Stunden mit ihm im Dschungel unterwegs.

»Anej, das ist Alex. Ich fand sie am Strand. Sie weiß nicht, woher sie kommt«, antwortete er selbstsicher.

Anej verschränkte die Arme vor der Brust. »Es ist gefährlich, Fremde mit ins Dorf mitzubringen. Du weißt doch selbst, was mit Tschesters Stamm passierte.«

»Ja«, mischte sich eine der Frauen ein. Sie trug ein Kleinkind auf dem Arm, das zu schlafen schien. »Thekaar hat einen Spion eingeschleust und den ganzen Stamm ausgerottet. Die jungen Frauen und Männer hat er in seine Minen verschleppt.«

»Das weiß ich alles«, sagte Danju. »Doch sie stellt keine Gefahr dar, da bin ich mir ganz sicher.«

»Gut, wir werden Kabih fragen«, beschloss Anej.

Er wusste, dass Danju zu seinen besten Männern zählte. Er würde nie leichtsinnig den Stamm in Gefahr bringen. Die wenigen Waffen der Pekaner, die der Stamm besaß und die bereits viele Leben gerettet hatten, waren Danjus Verdienst. Obwohl sie die Maschinenwelt dieser Eindringlinge ablehnten, waren sie gezwungen, sich mit den gleichen Mitteln zu verteidigen, um zu überleben.

Plötzlich teilte sich die Menschenmenge und ein alter Mann mit langem grauem Haar und in bunte Gewänder gehüllt, schritt auf Danju und Alex zu. Seine Gewänder bauschten sich in einem sanften Wind, der den Hang herunterstrich. Bei jedem seiner Schritte machte es den Anschein, dass er von Schmetterlingsflügeln umflattert wurde. Er blieb neben Anej stehen, der ihn abwartend ansah. Der Alte war Kabih. Er war der Weise des Stamms und der Heiler. Er wusste die Pflanzen und Steine des Waldes zu nutzen, um Krankheiten und Verletzungen zu heilen, und er kannte das Geheimnis, durch den Rauch des Feuers Visionen zu erhalten, die ihm die Fragen der Vergangenheit, Gegenwart und Zukunft beantworteten.

Er blickte Alex eindringlich an und sie hatte das Bedürfnis, im Boden zu versinken oder sich in Luft aufzulösen. Da das aber nicht geschah, drückte sie sich unwillkürlich dicht an Danju und versuchte, seinem Blick standzuhalten. Dann nickte der Alte und ging so still, wie er gekommen war, zurück durch die Menschenmenge und verschwand in eine der Hütten.

»Was bedeutet das?«, fragte sie leise und ihre Hand krampfte sich um Danjus Finger, denn sie war darauf gefasst, dass er ihr Todesurteil gesprochen hatte.

Danju drehte sich zu ihr um, während sich die Menschenmenge auflöste.

»Es ist alles in Ordnung«, sagte er mit einem befreiten Lächeln. Auch er konnte seine Erleichterung nur schwer verbergen.

Alex hockte sich auf den Boden und musste sich erst einmal sammeln. Noch nie war sie dem Tod so nah gewesen. Ihr Herz pochte bis in den Hals, und ihr war schlecht. Sie wünschte sich, dass sie endlich aus diesem Traum erwachen und sich in ihrer Badewanne wiederfinden würde.

»Komm mit«, forderte Danju sie auf.

Sie folgte ihm in eine der Hütten, bestehend aus nur einem Raum. In einer Ecke stand ein Bett mit seltsam blau-grau gefleckten Fellen darauf. Es gab einen Kamin, wie sie ihn aus der Berghütte ihres Großvaters kannte. Es stand auch ein Tisch mit vier Stühlen darin und an den Wänden hingen verschiedene Werkzeuge, Töpfe und andere Gebrauchsgegenstände. Danju holte aus einer hölzernen Truhe ein Kleid hervor und gab es ihr.

»Das hat meiner Frau gehört.«

Er drehte sich um und machte Feuer im Kamin. Während dessen zog sie sein Hemd aus und schlüpfte in das

Kleid. Es war aus demselben seltsamen Stoff, wie seine Kleidung und die der anderen, die sie gesehen hatte.

»Wo ist deine Frau?«, fragte sie schließlich.

Er antwortete nicht gleich, sondern stocherte im Feuer herum. Dann rührte er in dem Topf herum, der darüber hing.

»Sie ist tot«,antwortete er nach einer Weile. Er drehte sich um und sah sie erstaunt an. Das Kleid seiner Frau stand ihr überraschend gut. Sie sah sehr hübsch darin aus, ein bisschen exotisch mit ihren kurzen Haaren, aber irgendwie schön.

»Das tut mir leid«, sagte sie und blieb unschlüssig stehen.

Er nahm Teller und Löffel von einem Regal und stellte alles auf den Tisch. »Letztes Jahr wurden wir von den Pekanern überfallen«, begann er. »Sie haben viele von uns getötet – auch meine Frau und unseren kleinen Sohn. Ich habe es nur knapp überlebt.« Er deutete auf die Narbe auf seiner Brust.

»Oh Gott, das ist ja schrecklich«, sagte sie entsetzt.

»Ja«, antwortete er mit heiserer Stimme. »Viele wurden getötet oder verschleppt. Aber keine Angst«, fügte er hinzu, während er sein Hemd anzog, »wir haben unsere Siedlung verlegt und Sicherheitsmaßnahmen getroffen. So schnell werden sie uns kein zweites Mal erwischen!«

»Könnt ihr nicht einfach weggehen?«, fragte sie. »Dorthin, wo die Pekaner euch nicht finden können?«

»Daran haben wir auch schon gedacht«, erwiderte er nachdenklich. »Aber im Süden liegt das große Gebirge. Es ist zu karg, und es fehlt uns der Wald, von dem wir abhängig sind. Im Westen beginnt die Wüste, und im Osten und Norden liegt das Meer. Außerdem fressen sich im Norden diese Bestien immer tiefer in den Wald und zerstören ihn. Wir können nirgendwo hin.«

»Und Boote? Könntet ihr damit das Meer überqueren?«, hakte sie nach.

»Unsere Boote taugen nicht für lange Strecken«, sagte er kopfschüttelnd. »Und wir wissen auch nicht, wie das Land hinter dem Meer aussieht. Wahrscheinlich ist es ebenfalls Wüste. Schließlich kamen Thekaars Vorfahren von dort.«

Sie aßen gemeinsam die Suppe. Alexandra fand, dass sie nach Hühnchen schmeckte, traute sich jedoch nicht zu fragen, was wirklich darin war. Sie hatte Hunger.

Danju nahm sich ein paar Felle und schlief auf dem Boden neben der Tür. Alex durfte in dem Bett schlafen. Trotz der Bequemlichkeit träumte sie schlecht. Mehrmals wachte sie auf und wusste zunächst nicht, wo sie war, bis sie Danjus Hütte in der Dunkelheit erkannte.

In den nächsten Tagen lernte sie einige der Menschen des Stamms kennen. Danju hatte zwei Brüder: Nambi, den Jüngsten, und Asuf. Asuf hatte eine Frau und drei Kinder – zwei Mädchen und einen Jungen.

Nach und nach gewöhnten sich die Seander an die Fremde. Danju zeigte ihr die Siedlung. Es gab dreiundzwanzig Hütten, die aus dem Holz des Waldes gebaut waren und Blockhäusern ähnelten. Der quadratische Grundriss wurde mit einem Dach aus Schilf bedeckt, das sie am Flussufer sammelten. In den meisten Hütten lebten Familien mit Kindern, doch ein Drittel des Stamms bestand aus zerrissenen Familien, deren Angehörige bei dem Überfall der Pekaner getötet oder verschleppt worden waren.

Danju nahm sie auch mit auf die Jagd. Er zeigte ihr, wie man die pekanischen Gewehre bediente. Trotzdem jagte er stets mit der traditionellen Waffe seines Volkes, dem Kulaya. Die Pfeile dieser Waffe waren sehr kurz und wurden aus einer Art Metall gegossen, das sie in erzhaltigen Steinen im Fluss fanden.

Jagd

Eines Tages machten sich Alex, Danju und seine Brüder Asuf und Nambi sowie ein Schwager Asufs namens Dastur auf, um Distalihs zu jagen. antilopenartige Pflanzenfresser mit glatter, braun gemaserter Haut, die an die Struktur von Holz erinnerte. etzt verstand Alex, woraus die Wald-Seander ihre Kleidung herstellten. Im dichten Wald waren die Tiere beinahe unsichtbar. Sie hätte nur wenige Meter an einer Herde vorbeigehen können, ohne sie als etwas anderes als knorrige Wurzeln wahrzunehmen. doch den geschulten Augen der Jäger an ihrer Seite entgingen sie nicht.

Nach kurzer Zeit hatten sie zwei Tiere erlegt. Nambi und Dastur brachten die Beute zur Siedlung zurück, während Alex und die anderen noch ein paar Tage im Wald bleiben wollten, um weitere Distalihs zu jagen. Doch die Tiere schienen verschwunden. Nach zwei erfolglosen Tagen beschlossen sie, den Rückweg anzutreten.

In der Nacht lagerten sie an einem kleinen Fluss im Schutz der dichten Uferpflanzen. Das Wasser plätscherte friedlich, doch ein Feuer wagten sie nicht zu entzünden, da sie sich bereits tief im Pekanerland befanden. Alex lag neben Danju und sie blickten zu den Sternen. Asuf hatte sich lächelnd ein Stück von ihnen entfernt niedergelassen und tat so, als repariere er sein Kulaya. Die drei Monde standen hell am Himmel.

»Das ist der Große Himmelsfluss«, sagte Danju und wies auf das milchige Sternenband am Firmament.

»In meiner Welt gibt es so etwas Ähnliches. Wir nennen es Milchstraße«, antwortete sie.

»Milchstraße?« Danju runzelte die Stirn. »Was soll das bedeuten?«

»Das ist schwierig zu erklären«, sagte sie und dachte: *Besonders, wenn jemand keine Straßen kennt.* »Straßen sind die Pfade für Fahrzeuge, so wie bei den Pekanern«, versuchte sie zu erklären.

Danju nickte verstehend.

Alex hatte zwar noch keines dieser Fahrzeuge gesehen, doch nahm sie an, dass sie so ähnlich, wie Autos aussehen würden.

Danju deutete in den Himmel. »Dort, diese hellen Sterne, nennen wir den Großen Krieger. Habt ihr auch so was in eurer Welt?«

»Ja, wir haben auch Sternbilder, aber andere. Unser Himmel sieht anders aus. Wir haben auch nur einen Mond, nicht drei wie ihr.«

Danju schwieg eine Weile, bevor er leise fragte: »Also bist du nicht von Alveda?« Sein Gesicht wirkte nachdenklich, doch dann blickte er sie an und fügte lächelnd hinzu: »Du brauchst es mir nicht zu erklären.«

Alex erwiderte das Lächelte. »Das könnte ich auch gar nicht.«

Sie fühlte sich zurückversetzt an jenem Abend, als sie Sven das erste Mal begegnet war. Er hatte sie genauso angelächelt. Danju sah ihr in die grünen Augen und strich ihr sanft über die Wange und das kurze braune Haar. Sie schloss die Augen und er küsste sie.

Am nächsten Morgen lagen sie eng umschlungen im Dickicht. Sie hatten nicht bemerkt, wie Asuf ans Wasser geschlichen war, um zu trinken. Die Sonne war gerade aufgegangen und Nebelschwaden trieben über dem Wasser dahin. Ein Stulasi – ein wildschweinartiges Tier mit rüsselförmiger Schnauze – trank geräuschvoll am anderen Ufer. Als Asuf näherkam, stieß das Tier einen quiekenden Laut aus und stob erschrocken ins Gebüsch.

Plötzlich lösten sich zwei kahlköpfige Gestalten aus dem Schatten des Waldes am anderen Flussufer. Einer von ihnen hob sein Gewehr und zielte. Der Schuss hallte wie ein Donnerschlag durch den Wald und ließ Hunderte schmetterlingsartiger Vögel kreischend aufsteigen. Asuf fiel lautlos ins Wasser, das sich um seinen Kopf herum rot färbte.

Alex schreckte vom Krachen des Schusses und dem Gekreische der Tiere hoch. Bevor sie sich aufsetzen konnte, hielt Danju ihr den Mund zu und drückte sie zu Boden. Sie sah ihn mit angstgeweiteten Augen fragend an und er deutete ihr, sich still zu verhalten. In seinem Gesicht spiegelte sich Angst und Wut.

Wortlos nahm er sein Gewehr und kroch bäuchlings durch die Vegetation zum Fluss. Er wusste genau, was der Schuss bedeutet hatte, doch als er seinen Bruder Asuf im Wasser liegen sah, ließ er den Kopf stöhnend zu Boden sinken. Einen Moment lang schien ihn die Trauer zu überwältigen, bevor sich seine Verzweiflung in wilde Entschlossenheit verwandelte.

Die Pekaner kamen durch das Wasser gewatet, auf ihr Opfer zu und schienen sich in Sicherheit zu wiegen.

Danju sprang auf und rannte laut schreiend auf die Feinde zu. Noch im Lauf schoss er einen der beiden nieder. Dann warf er das Gewehr weg und stürzte sich hasserfüllt auf den zweiten. Er schlug ihm mit der Faust ins Gesicht, dass dieser rücklings ins Wasser klatschte. Wütend warf er sich auf den Mörder und sie lieferten sich einem erbitterten Kampf.

Alex hörte den Schuss und kroch zitternd durch das Gebüsch. Sie sah Asuf tot im Fluss liegen und einen Kahlköpfigen unweit davon. Danju kämpfte mit einem weiteren. Sie hob Danjus Gewehr auf, konnte aber nicht eingreifen – die Gefahr, ihn zu treffen, war zu groß.

Der angeschossene Pekaner trieb ein Stück den Fluss hinunter und konnte unbemerkt ans Ufer kriechen. Er hatte noch sein Gewehr in der Hand und zielte jetzt auf Alex, die wie gebannt auf die Kämpfenden stierte. Danju sah es und rief ihr etwas zu, doch im selben Moment drückte der Pekaner ab. Das Geschoss streifte Alexs rechten Oberarm und hinterließ eine tiefe Wunde. Der brennende Schmerz ließ sie herumfahren und reflexartig schoss sie auf den Feind. Ihre Kugel traf besser und der Gegner fiel tot ins Wasser.

Danju hatte seinen Gegner bewusstlos geschlagen und zog ihn aus dem Fluss. Mit Schlingpflanzen fesselte er ihn an Händen und Füßen. Dann sah er Alex, die am Ufer hockte, vor sich die Waffe liegend und die linke Hand auf die Wunde gepresst. Sie zitterte vor Angst und Schmerz. Danju hastete zu ihr hin und untersuchte die Verletzung.

»Es ist nicht lebensbedrohlich«, sagte er beruhigend und nahm sie in den Arm. Zärtlich stricher ihr über die Wange.

Aus einem Beutel, den er am Gürtel trug, holte er ein grünes Pulver, das aus zerriebenen Kräutern und besonderen zermahlenen Steinen bestand. Das vermischte er mit etwas Wasser und verteilte es auf der Verletzung. Lange dünne Blätter eines nahe stehenden Strauches dienten als Verbandmaterial. Der Schmerz ebbte allmählich ab und Alexandra hatte das Gefühl, dass die Stelle betäubt war.

»Du warst sehr mutig«, sagte Danju. »Es wird schnell heilen.«

»Sind das Pekaner?«, fragte sie und deutete auf den Gefangenen, der langsam zu sich kam und verwirrt um sich blickte.

»Ja«, antwortete der Seander und blickte den am Boden liegenden verächtlich an.

Der Pekaner war fast genauso groß wie Danju. Seine Haut war allerdings heller, und er war haarlos. Aber er war ein Mensch. Seine Kleidung war schwarz und sie glänzte metallisch. Seine Schuhe sahen hart und klobig aus.

Danju sammelte die Waffen der Pekaner ein, dann kümmerte er sich um seinen toten Bruder. Er legte ihn sorgsam am Ufer ab und bedeckte ihn mit Zweigen.

»Es war nicht klug von mir, diesen Pekaner am Leben zu lassen. Wir können ihn nicht mit in die Siedlung nehme; dadurch würden wir alle in Gefahr bringen. Und jetzt, wo der Kampf zu Ende ist, kann ich ihn nicht mehr töten. Uns bleibt nur eins: Wir müssen ihn zu seinem Volk zurückschicken«, dachte Danju laut nach.

»Aber das ist gefährlich«, erwiderte Alex. »Was ist, wenn sie uns finden?«

»Nein, das wird nicht passieren. Wir setzen ihn weit genug von der großen Siedlung entfernt aus. Wenn sie ihn finden, werden wir schon wieder im Wald verschwunden sein«, entgegnete er.

Alex hatte kein gutes Gefühl dabei, aber sie war auch neugierig darauf, die Welt der Pekaner zu sehen. Asuf ließen sie am Ufer des Flusses zurück. Auf dem Rückweg würden sie ihn mit zur Siedlung nehmen.

Sie liefen den ganzen Tag durch den Wald. Der Pekaner ging stumm vor ihnen her. Am Abend machten sie an einem großen hohlen Baum halt. Danju fesselte den Pekaner fest an die Wurzeln des Baumes.

»Hier, nimm das!«, sagte er zu Alex und drückte ihr eines der Gewehre in die Hand. »Wenn er sich bewegt, dann zögere nicht, ihn zu erschießen.«

Er verschwand im Wald, um etwas zu jagen. Alex war allein mit dem Fremden, in einer Welt, die ihr fremd und doch seltsam vertraut erschien. Die Geräusche des Waldes, das Rascheln der Blätter und die fernen Schreie unbekannter Tiere hatten etwas Tröstliches. Ihr schien es, als wäre ihr vorheriges Leben nur ein Traum gewesen, aus dem sie erwacht und in die Wirklichkeit zurückgekommen sei.

»Warum tötet ihr mich nicht einfach?« Die Stimme des Pekaners riss Alex aus ihren Gedanken.

Erschrocken starrte sie ihn an. Bislang war er nur ein Feind gewesen, ein namenloses Wesen. Doch nun, da er sprach, erschien er ihr plötzlich wie ein Individuum.

»Du wunderst dich, dass ich eure Sprache spreche?« Der Pekaner lächelte verächtlich. »Es ist immer gut zu wissen, was die Feinde reden.«

»Wir sind nicht eure Feinde«, antwortete Alex und richtete die Waffe auf den Pekaner. Sie hatte Angst vor ihm und blickte sich unsicher um, ob Danju nicht vielleicht zurückkäme. Doch sie war allein mit dem Feind.

»Das würde der Bahakih auch behaupten, bevor er dem Distalih den Hals zerfleischt«, antwortete der Pekaner grimmig.

Alex' Blick huschte unruhig durch den Wald. Wo blieb Danju? Der Pekaner ruckte an seinen Fesseln, doch diese hielten.

»Lass mich frei. Ich verspreche dir, dir wird nichts geschehen. Du gehörst nicht zu dieser Bestie. Vielleicht halten sie dich gefangen, wie mich, nur nicht mit Fesseln, sondern mit einer Art Zauber.«

Alex bekam Angst bei den Worten des Fremden. So sehr sie ihn auch fürchtete, so fühlte sie sich doch auch auf unbegreifliche Weise zu ihm hingezogen. Er erweckte Bilder in ihr zu neuem Leben, die längst verblasst und fast ausgelöscht waren: Häuser, Straßen, Autos, Maschinen und Fabriken. Eine Art Heimweh erfasste sie – ganz leicht, kaum merklich; doch es zupfte behutsam und zugleich schmerzlich an einem vergessenen Zipfel ihrer Seele.

Danju kam zurück und hatte einen toten hühnerähnlichen Vogel in der Hand – einen Kohtu.

»Er spricht unsere Sprache«, flüsterte Alex ihm entsetzt zu.

»Ich weiß, dass die Pekaner unsere Sprache sprechen. Zumindest einige von ihnen. Doch du solltest nicht mit ihm reden. Sie sind sehr listig und entlocken dir Dinge, die du nie erzählen wolltest«, entgegnete Danju ohne von seiner Arbeit aufzusehen. Er machte ein Feuer und rupfte den Vogel weiter, nahm ihn aus, und spießte ihn auf einen Stock, um ihn über dem Feuer zu braten.

»Warum tötet ihr mich nicht?«, fragte der Pekaner.

Danju blickte ihn eine Weile an. »Weil wir das Leben schätzen und es nicht wie ihr vergeuden«, antwortete er dem Feind mit Zorn in der Stimme.

Danju hasste ihn, doch sein Tod würde den Bruder nicht wieder lebendig machen. Außerdem hatte schon der andere dafür mit dem Leben bezahlt. Es war nicht die Art der Seander, unnötig Blut zu vergießen. Bis die Pekaner in ihr Land kamen, war es ihnen fremd, dass ein Mensch einen anderen Menschen töten könnte. Noch nicht einmal der Bahakih, das gefürchtetste Raubtier des Waldes, tötete seine eigene Art, obwohl er sonst nicht sehr wählerisch war. Aber es ist gegen die Natur, seine Art zu töten. Doch seit die Pekaner in das Land eingefallen waren, machte es der Kampf ums eigene Überleben oft notwendig, Menschen – Pekaner – zu töten. Danju hatte nicht so viele Probleme damit, in der Not einen der Feinde umzubringen. Doch die Alten des Stamms, für die jene Zeiten des Friedens nicht nur Geschichten am nächtlichen Lagerfeuer waren, konnten sich nicht mit dieser Naturwidrigkeit anfreunden. Sie überließen es den Jüngeren, den Stamm auf diese Weise zu verteidigen.

»Thekaar sagte, dass ihr euren Feinden die Haut am lebendigen Leibe abziehen würdet«, entgegnete der Pekaner. Er war wirklich verwundert über das Verhalten dieser Wilden, denn sie waren ganz anders, als ihm immer erzählt worden war.

Danju lachte. »So? Erzählt er das?« Sein Lachen erstarb und er blickte den Feind ernst an. »Vielleicht hat er ja recht!«, platzte er heraus und hielt ihm ein Messer vor die Nase.

Der Pekaner sah geschockt in die hasserfüllten Augen seines Feindes. Aber er war bereit zu sterben, wie es sich für einen Krieger geziemt. Er würde alles ertragen und nicht um sein Leben betteln. Aber dieser Danju entspannte sich wieder und nahm das Messer zurück.

»Hast du keine Familie?«, fragte Danju.

»Doch, ich habe eine Frau und zwei Kinder«, antwortete der Pekaner.

»Warum hast du es dann so eilig zu sterben?«

Der Angesprochene antwortete nicht, sondern blickte seinen Gegner nur verwirrt an.

»Wer wird sich um sie kümmern, wenn du tot bist?«, fragte Danju und er dachte an seine Frau und seinen Sohn zurück. Er war immer vorsichtig gewesen, seit sein Sohn geboren war, und hatte versucht, sein Leben nicht aufs Spiel zu setzen. Doch als die Pekaner die Siedlung überfallen hatten, wollte er sein Leben für sie opfern. Vergebens. Sie waren tot und er lebte.

»Habt ihr Kinder?«, fragte der Pekaner plötzlich.

»Nein«, antwortete Alex.

Danju blickt den Feind an und sagte:

»Ich hatte eine Frau und einen kleinen Sohn. Doch vor einem Jahr hat euer Volk meinen Stamm überfallen und sie getötet, genau wie viele andere Frauen, Kinder und Männer.«

Der Pekaner blickte zu Boden. Es tat ihm leid. Diese Gefühle verwirrten ihn. Ihm wurde auf einmal bewusst, dass diese Menschen gar nicht die Bestien waren, wie ihnen immer erzählt wurde. Es waren einfach nur Menschen, die ihr Leben verteidigten. Die Pekaner hatten nie das Leben von Frauen oder Kindern oder Alten zu beklagen gehabt. Sie schickten nur die jungen starken Krieger gegen die Seander aus. Doch warum eigentlich? Warum wollten sie dieses Volk ausrotten? Hatte es nicht das gleiche Recht zu leben wie sie?

»Ich heiße Lan«, stellte er sich diesen Menschen vor.

Sie sahen ihn erstaunt und misstrauisch an. Fragten sich, ob es ein Trick war, um herauszufinden, wo ihre Siedlung lag. Doch die blassgrauen Augen des Gefangenen blickten ehrlich.

Danju überlegte kurz und sah Alex an. Dann schnitt er dem Feind die Fesseln durch. Trotzdem spannten sich seine Muskeln, bereit, sein Leben und das der Frau zu verteidigen.

Alex krampfte ihre Hand fester um die Waffe, ließ sie jedoch auf dem Boden liegen. Dieser Pekaner war ein

Feind, aber er hatte den ersten Schritt in eine andere, bessere Richtung eingeschlagen. Es konnte ein tödlicher Trick sein, doch ohne Vertrauen würden sie es nie herausfinden.

Danju blickte Alex an. Sie nickte ihm zu, langsam und zögerlich. Doch sie fühlte, dass es das Richtige war, was sie taten.

»Danju«, er streckte zögernd dem Feind die Hand entgegen. Dieser ergriff sie mit der Seinen und wiederholte:

»Lan.«

Dann gab er auch Alex die Hand.

»Alex«, nannte sie ihren Namen.

»Du bist nicht von hier, du bist kein Seander«, stellte Lan fest.

»Ja, das stimmt«, bestätigte sie.

Jetzt saßen drei Menschen um ein Feuer mitten im Wald. Drei Menschen von verschiedenen Völkern. Es war dunkel und der große Himmelsfluss glitzerte über ihnen. Sie aßen gemeinsam den Kohtu. Feinde? Ja! Aber Menschen.

»Wir werden morgen Abend Batila erreichen, meine Siedlung«, brach der Pekaner das Schweigen.

»Dann kannst du gehen, wir werden dich bis zum Rand des Waldes begleiten. Ich will, dass Alex eure Welt sieht, damit sie uns besser versteht«, antwortete Danju.

Der Pekaner nickte schweigend.

Danju und Alex schliefen mit den Waffen in der Hand. Bei jedem Geräusch wachten sie auf und blickten zu dem Pekaner.

Auch er schlief unruhig und konnte die Schauerge-
schichten nicht ganz vergessen, die man über die wilden
Waldmenschen erzählte. Doch als die ersten Sonnenstrahlen durch das Blätterdach des Waldes den Weg
zum Boden fanden, beleuchteten sie drei friedlich schla-
fende Menschen.

Fremde

Am Nachmittag lichtete sich der Wald vor ihnen, und
das Land fiel sanft ab. Der nackte, braune Boden erstreckte sich bis zu einer Ansammlung gewaltiger
Bauten, die in der Ferne zum Himmel ragten. Straßen
durchzogen das Gebiet, bevölkert von Pekanern und
merkwürdigen Fahrzeugen. Alex musterte sie genauer.
Sie erinnerten sie an Autos aus ihrer Welt, doch es fehl-
ten Räder, und die metallischen Oberflächen glitzerten
in der Sonne. Es herrschte reges Treiben. Unsichtbare
Feuer ließen Rauch aufsteigen, der dunkle Wolken über
der Siedlung bildete und die Luft schwer wirken ließ.
Die Siedlung erinnerte sie an eine Großstadt ihrer eigenen Welt oder war diese Welt der Erinnerung nur ein
Traum?
Danju, Alex und Lan lagen verborgen im Gebüsch
des Waldes und beobachteten diese fremdartige Welt.
Lan war erleichtert, wieder zu Hause zu sein, raus aus
dem Wald mit den gefährlichen Tieren und giftigen
Pflanzen. Alexandra war zugleich erschüttert, wie auch
seltsam berührt. Es kam ihr alles sehr vertraut vor.

Danju blickte mit Abscheu auf diese Siedlung. Wie konnten Menschen in dieser toten Welt leben?

»Du kannst gehen«, sagte Danju schließlich zu Lan, ohne seinen Blick von der Siedlung abzuwenden.

Lan drehte sich zu ihm um und reichte ihm zögernd die Hand. Für einen kurzen Moment lagen sie stumm einander gegenüber, dann erhob sich Lan und rannte davon, in Richtung der Stadt, die seine Heimat war.

Danju und Alex verharrten noch einige Minuten in Stille, ehe sie den Rückweg antraten.

Am nächsten Abend erreichten sie den Fluss, wo sie Asufs Leichnam zurückgelassen hatten. Zwei Tage später kamen sie gegen Mittag in ihrer Siedlung an. Auf dem gesamten Weg zurück hatten sie kaum gesprochen. Beide waren in Gedanken versunken, doch ihre Gedanken kreisten um dasselbe: den kleinen Funken Hoffnung, dass ein Leben in Frieden mit den Pekanern vielleicht möglich sein könnte.

»Meinst du, dass es noch mehr Pekaner gibt, die so sind wie Lan?«, fragte Alex einmal unterwegs zum Fluss.

Danju zögerte, bevor er antwortete. »Ich weiß nicht. Ich kenne ihn ja nicht wirklich. Vielleicht war er nur verwirrt. Vielleicht haben die Geschichten, die Thekaar seinen Leuten über uns erzählt hat, nicht mit dem übereingestimmt, was er erlebt hat.«

»Ich glaube er könnte ein Freund sein«, meinte Alex nachdenklich.

Danju schüttelte den Kopf. Seine Stimme klang hart. »Pekaner werden nie Freunde von Seandern sein. Wenn er wieder zu Hause ist, wird er uns schnell vergessen haben.«

Noch am selben Abend hielten die Seander eine Trauerfeier für Asuf ab. Sie trauerte still, ohne Weinen, ohne Klagen, ohne Gebete. Alex fiel auf, dass die Seander offenbar keine Götter verehrten. Für sie war der Tod Teil des natürlichen Kreislaufs des Lebens.

Sie umwickelten den Toten mit Tüchern und betteten ihn auf einen großen Reisighaufen, den sie entzündeten. Die ganze Nacht über bewachten sie abwechselnd das Feuer und am Morgen war nur ein Haufen Asche übrig. den Danju und Nambi in ein kleines, handgeschnitztes Holzboot füllten. Gemeinsam trugen sie es zum Fluss, wo sie es auf das Wasser setzten.

»Das Leben kam einst aus dem Meer und wir schicken es dorthin zurück«, sagte Danju mit fester Stimme, während das Boot mit der Asche seines Bruders langsam vom Ufer davontrieb.

Alexandra war verwundert über diese Menschen. Sie lebten so einfach und im Einklang mit der Natur, doch sie verfügten über eine Weisheit, die sie ihnen nicht zugetraut hatte. Was sie besonders erstaunte, war das Fehlen von Göttern in ihrem Leben.

Irgendwie fühlte sie sich selbst wie eine Fremde – ein Pekaner in der Welt der Seander.

Hinterhalt

Viele Wochen gingen ins Land und Alex' Erinnerungen an ihr früheres Leben verblasste immer mehr. Ihr Dasein war untrennbar mit dem der Seander verbunden – und besonders mit Danju. Sie war seine Frau, auch wenn es bei den Seandern keine Zeremonien oder offiziellen Vermählungen gab. Die Menschen fanden einfach ihren Partner und lebten mit ihm. Das war alles. Es bedurfte weder der Zustimmung anderer Menschen noch der Gesellschaft. Trotzdem, obwohl oder vielleicht gerade, weil sie keinen offenkundigen Pakt für die Ewigkeit schlossen, waren diese Verbindungen von tiefster Loyalität geprägt, bis in den Tod.

Alex und Danju waren Tag und Nacht zusammen: Sie jagten gemeinsam, teilten ihr Essen und das Bett. Sie waren glücklich. Die Wunde an Alex' Arm war verheilt, ebenso wie Danjus Trauer um seine erste Frau und seinen Sohn. Doch auch wenn die Wunden geschlossen waren, die Narben blieben.

Es wurde Herbst. Das Laub der Bäume verfärbte sich in den prächtigsten Farben und die Erinnerung eines *Indian Summers* huschte wie ein Traum durch ihre Gedanken. Der Stamm bereitete sich auf eine große Jagd vor. Diesmal waren sie auf Wantus aus – mächtige Tiere, die nur in dieser Jahreszeit aus den Bergen im Süden in diese Wälder zogen. Die großen stämmigen Tiere hatten drei Hörnern auf der breiten Stirn und ein dichtes blaugrau geflecktes Fell, aus dem die Seander ihre Winterkleidung und die warmen Decken anfertigten. Diese Jagd war gefährlich, daher wurden nur die besten Frauen und Männer ausgewählt. Alex gehörte zu ihnen.

Seit drei Tagen waren die Jäger und Jägerinnen jetzt schon im Wald unterwegs, doch kein Wantu hatte sich blicken lassen. Auf einer Lichtung rasteten sie und brieten ein paar Kohtus über dem Feuer. Sie erzählten sich Geschichten über frühere Jagden auf Wantus. Die Stimmung war ausgelassen, voller Lachen und Erinnerungen. Anej berichtete, wie er als junger Mann einmal von einem Baum auf einen Wantu gesprungen sei und ihm den Pfeil des Kulaya in das Hirn gejagt hatte. Alle lachten, denn sie wussten, dass er ein bisschen übertrieb. Aber so erzählt man eben Geschichten.

»Damals gab es für uns nur das Kulaya. Wir kannten noch nicht die Waffe der Pekaner«, sagte er nachdenklich.

Plötzlich krachte ein Schuss in der friedlichen Stille. Anejs Brust wurde von einem Geschoss durchschlagen und er fiel stöhnend vornüber. Für einen Augenblick herrschte schockierte Stille, niemand verstand, was geschah, bevor weitere Schüsse krachten. Blitze zuckten durch den Wald, und das Gebüsch flackerte im Mündungsfeuer.

»Weg vom Feuer!«, schrie Danju und zog Alex auf die Beine, während er mit dem Gewehr blindlings in die Dunkelheit des Waldes schoss.

Die anderen Seander sprangen auch auf, schossen mit ihren Waffen und versuchten in den Wald zu fliehen. Doch drei weitere wurden von den Geschossen der Angreifer niedergestreckt. Danju schob Alex vor sich her und hastete auf die Deckung eines schemenhaft zu erkennenden Gebüschs zu. Plötzlich traf ihn eine Kugel und durchschlug seine linke Schulter. Er strauchelte und stürzt zu Boden. Seine Waffe flog weg.

»Lauf!«, keuchte er, während Alex hinter einem Baum Deckung suchte.

In dem Moment brach eine Gruppe Pekaner aus dem Wald heraus. Viele Seander lagen am Boden, tot oder schwer verletzt. Die Pekaner ketteten die Überlebenden zusammen. Alex konnte sehen, wie einer der Pekaner auf Danju zuging und sich neben ihn kniete. Er drehte ihn auf den Rücken. Ihr Atem stockte.

Danju ließ es geschehen und versuchte sich die Schmerzen nicht anmerken zu lassen. Er atmete schwer und seine Wunde blutete stark. Er würde sich nicht kampflos ergeben, lieber wollte er sterben. Der Pekaner drehte ihn herum und Danju sah in seine blassgrauen Augen. Es war Lan.

Er erkannte Danju, sah seine geballte rechte Faust und schüttelte den Kopf, um ihm zu signalisieren, dass er sich nicht wehren sollte. Dann drückte er ihm die Augen zu und rief:

»Tot!« Er wiederholte es noch mehrmals in seiner eigenen Sprache.

»Ich konnte es nicht verhindern«, flüsterte er traurig und ließ Danju zurück.

Danju war verwirrt, verstand aber und blieb reglos liegen, versuchte nur flach zu atmen.

Alex hockte hinter dem Baum, das Gewehr im Anschlag. Sie hätte beinahe abgedrückt. Doch als sie erkannte, dass es Lan war, wartete sie ab, was passieren würde. Sie hatte sich nicht in ihm getäuscht. Er war ein Freund, er hatte Danjus Leben verschont.

Die Pekaner verschwanden mit ihren Gefangenen im Wald. Alex kroch vorsichtig aus ihrem Versteck auf Danju zu. Er war bewusstlos geworden, doch er lebte. Sein Hemd war blutdurchtränkt. Sie öffnete es mit zitternden Fingern und legte die Verletzung frei. Dann holte sie das grüne Pulver aus dem Beutel an seinem Gürtel und versorgte die Wunde, wie sie es von ihm gelernt hatte.

Plötzlich hörte sie Schritte. Es waren Nambi und Dastur. Sie untersuchten die zurückgelassenen Seander auf der Lichtung. Eine Frau war tot, ebenso wie ihr Anführer Anej. Für sie konnten sie nichts mehr tun. Alex hielt Danju im Arm und hatte Tränen auf den Wangen. Nambi und Dastur setzten sich zu ihnen.

»Was sollen wir jetzt tun?«, fragte Nambi verzweifelt.

Danju kam stöhnen zu sich. Der Schmerz in der Schulter hatte schon etwas nachgelassen und es hatte aufgehört zu bluten. Die Wirkung der Medizin machte sich bemerkbar.

Auf einmal hörten sie ein Knacken im Unterholz. Kamen die Feinde zurück? Ein Pekaner erschien am Rand des Waldes. Demonstrativ legte er langsam sein Gewehr ab. Nambi und Dastur zielten verwirrt und ängstlich mit ihren Waffen auf ihn.

»Nein«, beruhigte Alex sie und drückte die Läufe der Waffen zu Boden. Sie blickten die Frau fragend an.

»Er ist ein Freund«, erklärte sie.

»Das stimmt«, bekräftigte Danju mit schwacher Stimme.

Lan kam vorsichtig näher und setzte sich. Er holte ein Fläschchen hervor und reichte es Danju.

»Du hast viel Blut verloren. Trink das, dann wird es dir bald besser gehen«, sagte der Pekaner.

Danju nahm das Fläschchen und blickte Alex fragend an. Lan war irgendwie trotzdem noch ein Feind, es könnte Gift sein. Doch er hatte offen gesagt, dass er ein Freund war. Jetzt konnte er seinen eigenen Glauben daran überprüfen und den anderen beweisen, dass Lan ein Freund war oder an einem Gift sterben. Er trank das Mittel aus.

Lan merkte sein Zögern, verstand aber. »Es tut mir leid, dass es wieder so weit kommen musste. Ich wollte es verhindern, doch keiner hörte mir zu«, erklärte er. »Keiner ist nicht ganz korrekt. Ich habe ein paar Freunde gefunden, die euch wohl gesinnt sind. Wir treffen uns heimlich, um zu überlegen, wie die Pekaner und die Seander friedlich zusammenleben könnten. Doch es ist gefährlich. Wenn wir auffliegen, werden sie uns töten.«

Dasturs und Nambis Blicke verrieten ihre Verwirrung. Alex konnte das verstehen, denn schließlich waren die Pekaner seit langer Zeit die Feinde der Seander. Das sich einer von ihnen nun als Freund entpuppte, musste die zwei irritieren.

Danju nickte schwach. »Weißt du, wohin sie unsere Leute gebracht haben?«

»Ja. Ich führe euch hin, sobald du stark genug bist.« Er holte ein helles Tuch hervor, faltete es zu einem Dreieck und legte es um Danjus linken Arm und seinen Nacken. »Du musst die Schulter ruhig halten, dann heilt es schneller.«

»Danke, Lan.«

»Wir sollten hier verschwinden«, entgegnete der Pekaner.

Sie brauchten zwei Tage, um zur Siedlung zurückzukehren. Danju ging es bei ihrer Ankunft schon wesentlich besser. Die Menschen der Siedlung waren verängstigt beim Anblick des Feindes. Doch Danju erklärte ihnen, dass er ihm das Leben gerettet hatte. Sie akzeptierten seine Anwesenheit, hielten aber immer gebührenden Abstand zu ihm. Es wurden vier Männer weggeschickt, welche die Leichen der Frau und Anejs zurückholen sollten. Nach vier Tagen trafen sie damit ein und ihre Asche wurde dem Fluss übergeben.

Aufbruch

Danju war wieder bei Kräften und verbrachte viel Zeit in Kabihs Hütte. Als neuer Anführer des Stammes beriet er sich mit dem Alten, was sie als nächstes zu tun hatten. Gemeinsam beschlossen sie, zusammen mit Lan und dessen Gefährten einen Versuch zu unternehmen, die Gefangenen aus der Siedlung der Pekaner zu befreien.

Endlich war es soweit. Danju wählte sieben Frauen und Männer aus, die ihn und Lan auf ihrem Weg begleiten sollten.

Es war Abend, und nur wenige Feuer brannten am Ufer des Seander-Flusses. Danju und Alex standen vor der Hütte. Vom Fluss her drang ein melodischer Gesang, der an das Zirpen von Grillen erinnerte. Danju strich ihr sanft mit der Hand über die Wange. Seine Augen wirkten traurig.

»Ich muss gehen, wenn ich meine Freunde noch lebend finden will«, sagte er leise.

»Ich könnte doch mitkommen, ich kann dir helfen. Ich habe keine Angst«, flehte sie.

Doch er schüttelte den Kopf. »Nein. Kabih hat gesagt, dass du zurückgehen wirst«, entgegnete er mit schwerem Herzen.

Sie verstand nicht. »Wohin zurück?«, fragte sie verstört.

Er blickte zu den Sternen auf. »Ich weiß nicht.« Seine Hand malte einen Bogen in den Himmel. »Du hast doch selbst gesagt, dass du vom Himmel gefallen bist.«

»Oh Gott, ich verstehe das nicht«, sagte sie.

»Kabih sagt, dass du zu uns gekommen bist, um uns den Glauben daran zu geben, dass es möglich ist, mit den Pekanern in Freundschaft zu leben«, erklärte er ihr.

Die Sterne funkelten am Himmel und das Universum erschien ihr tiefer und unheimlicher als je zuvor. Der Himmelsfluss leuchtete als nebeliges Band und sie erkannte die Konturen des großen Kriegers.

»Dann werde ich dich nie wiedersehen?«, fragte sie mit bebender Stimme. Ihr Magen krampfte sich zusammen, und sie kämpfte gegen die Tränen an, verlor aber. Sie blickte in seine blauen Augen – Augen, die ihr so vertraut waren.

Er legte seine Waffe ab, nahm den Arm aus der Schlinge und drückte sie fest an sich. Auch er kämpfte darum, die Fassung zu bewahren, doch was bedeutete das schon, wenn er diese Frau nun verlieren würde? Schließlich küssten sie sich – ein langer, bittersüßer Kuss.

Abrupt stieß er sie sanft weg, nahm die Waffe wieder an sich und ging, ohne sich noch einmal umzudrehen, hastig davon. Im Lichtkreis des letzten Feuers blieb er einen Moment stehen und sah zu ihr zurück.

»Was heißt eigentlich Gott?«, rief er ihr zu.

»So nennen wir die, die vom Himmel gefallen sind«, antwortete sie unter Tränen.

Er lächelte ihr zum Abschied zu und verschwand mit Lan, Nambi und sechs weiteren, die auf ihn gewartet hatten, in der Dunkelheit. Alex blieb allein zurück bei den Frauen, Kindern und Alten. Jemand legte eine Hand auf ihre Schulter. Es war Kabih, der alte Mann, der mehr zu wissen schien, als sonst jemand auf dieser Welt.

»Es wird Zeit«, sagte er bedeutungsvoll.

Sie folgte ihm in seine Hütte. In der Mitte brannte ein Feuer. An den Wänden hingen geheimnisvolle Gegenstände und sie hatte das Gefühl, im Wigwam eines indianischen Medizinmannes zu sein. Sie setzten sich ans Feuer und Kabih begann einen monotonen Gesang anzustimmen. Durch die Flammen sah sie sein Gesicht – ein Gesicht voller Furchen, die von einem langen, erfüllten Leben zeugten. Doch es wirkte fern, wie aus einer anderen Welt Kabih holte aus einem Beutel, den er um den Hals trug, kleine gelbe Steine hervor, zerrieb sie in seiner Hand und warf das Pulver, während sein Gesang zu einem heulenden Aufschrei anschwoll, in die Flammen. Fast augenblicklich stieg grüner Rauch aus dem Feuer auf und füllte den Raum. Er nahm ihr den Atem und ihr wurde schwindelig. Alles begann sich zu drehen, immer schneller und schneller, bis sie schließlich bewusstlos zu Boden sank.

Raumzeit

Alexandra schlug die Augen auf und fand sich in ihrer Badewanne wieder. Das Wasser war inzwischen kalt geworden, doch es hatte immer noch die satte grüne Farbe des Meeres von Alveda. Sie stieg heraus, verwirrt, trocknete sich ab und zog ihren Bademantel über. In der Küche füllte sie ein Glas mit Mineralwasser und trank es hastig, als hätte sie tagelang nichts getrunken. Sie stellte das Glas zurück auf die Spüle, neben den Frühstücksteller von heute Morgen. Auf dem Teller entdeckte sie ein Salzkorn. Vorsichtig nahm sie es mit den Fingern auf und ließ es in ihre rechte Handfläche gleiten. Es war so winzig, dass es sich fast in den Falten ihrer Haut verlor.

Die Uhr im Wohnzimmer zeigte fünf vor neun. Eine Stunde war vergangen, seit sie ins Bad gegangen war. Sie musste in der Wanne eingeschlafen sein. Doch dieser Traum ... Er hatte sich so real angefühlt, so lebendig, als hätte er Wochen gedauert, und doch war er in einer einzigen Stunde passiert. Ein beklemmendes Gefühl überkam sie. Der Abschiedsschmerz, den sie empfand, war unerwartet intensiv. Es war doch nur ein Traum gewesen – oder etwa nicht? Instinktiv tastete sie mit der linken Hand unter dem Stoff ihres Bademantels ihren rechten Oberarm ab. Sie hielt inne, verstört.

Da war die Narbe!

Es war kein Traum gewesen. Es war Realität!

Sie trat ans Fenster. Der Balkon wurde nur schwach vom Licht der Halogenstrahler des Wohnzimmers erhellt, das meiste Licht brach sich in der Fensterscheibe und verwandelte sie in einen dunklen Spiegel. Alexandra betrachtete das Salzkorn in ihrer Hand.

Könnte dies das Universum einer anderen Welt sein? dachte sie. *Mit anderen Bewohnern, mit jemandem, der vielleicht gerade jetzt auch am Fenster steht mit einem Salzkorn in der Hand?*

Ein Schlüssel drehte sich im Schloss. Die Tür öffnete sich leise. Alexandra schaute in das spiegelnde Wohnzimmerfenster und zuckte zusammen. In der Tür hinter ihr stand ein Mann, den Arm in einer Schlinge. Er hatte die blauen Augen von Danju. Sie drehte sich um. Er hatte blonde Haare und lächelte verlegen, hielt einen Schlüssel in der Hand. Es war Sven.

»Ich habe dich vermisst«, sagte er leise und machte zögernd einen Schritt auf sie zu.

»Ich dich auch«, brach es aus ihr hervor und sie legte ihre Hände in seinen Nacken, sah in die vertrauten blauen Augen.

Er strich ihr zärtlich über die Wange.

»Was ist da passiert?«, fragte sie und deutete auf seinen Arm.

Sven ließ den Arm vorsichtig aus der Schlinge gleiten, zog sie in seine Arme und drückte sie fest an sich. Er vergrub sein Gesicht in ihrem Hals und schloss die Augen, während er gegen die Tränen ankämpfte. Die Erleichterung, dass sie ihn nicht, wie er befürchtet hatte, fortgeschickt hatte, war überwältigend.

»Unser Hotel wurde beschossen«, sagte er leise.

Später standen sie an der offenen Balkontür und blickten hinauf in den klaren Nachthimmel. Der Regen war vorbei, die Wolken hatten sich verzogen. Der Mond schien groß und rund. Nur ein Mond, nicht drei. Die Milchstraße zeichnete ein silbriges Band über die Dunkelheit.

Sven stand hinter Alexandra und hatte die Arme um ihre Taille gelegt. Sie lehnte den Kopf zurück an seine Schulter und umfasste seine Hände. Ihr Blick war in den Sternen verloren, doch ihre Gedanken waren bei Danju. Er war Sven so ähnlich gewesen, nicht nur äußerlich, sein ganzes Wesen war wie er gewesen.

Wo mag er jetzt sein? fragte sie sich. *Hatte er seine Freunde befreien können? Wann mag er jetzt sein?*

Die Zeit schien nicht überall gleich zu verlaufen. Vielleicht waren in seiner Welt schon tausend Jahre vergangen. Vielleicht war er eine Art Spiegelbild von Sven – eine Version aus einer anderen Dimension.

Ein leises Schuldgefühl stieg in ihr auf. Sie hatte das Gefühl, Sven betrogen zu haben, doch sie bereute es nicht. Danju war auf eine unbegreifliche Weise Sven gewesen. Und sie liebte sie beide. Sie liebte *diesen* Mann.

Mit einem tiefen Atemzug öffnete sie ihre rechte Hand und betrachtete das winzige Salzkorn.

»Vielleicht ist unser ganzes Universum auch nur ein Salzkorn in der Hand eines anderen Wesens.«

Jacqueline Montemurri wurde 1969 in Sachsen geboren, machte 1989 in Dorsten Abitur, studierte anschließend Luft- und Raumfahrttechnik in Aachen und schloss 1995 als Diplom-Ingenieurin ab. Seit 2002 lebt sie mit ihrer Familie am Rand des Bergischen Landes.

Nach dem Studium begann sie Kurzgeschichten zu verfassen. Aus einer dieser Stories entstand schließlich ihr Debüt-Roman *Die Maggan-Kopie*, der für den Deutschen Science Fiction Preis 2013 nominiert war. Einige Geschichten veröffentlichte sie in Erzählbänden, diversen Anthologien sowie in den Magazinen Exodus und Spektrum der Wissenschaft. Für die Erzählung *Koloss aus dem Orbit* bekam sie 2020 den Kurd-Laßwitz-Preis verliehen. Aus dieser Erzählung entwickelte sie einen Roman, der im Verlag Plan 9 erschien. Weitere Science-Fiction-Romane folgten.

Seit 2016 arbeitet sie zudem an der Historische-Fantasy-Reihe *Karl Mays magischer Orient* des Karl May Verlags mit.

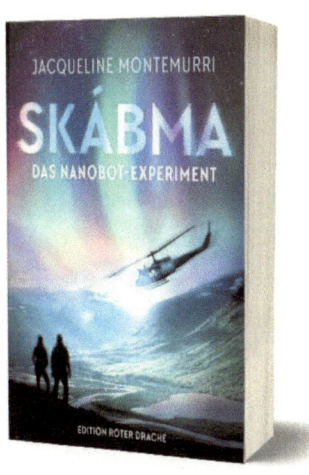

SKÁBMA
DAS NANOBOT-EXPERIMENT

Der Klimawandel hat den Norden Europas entvölkert. In Jokkmokk, einer der wenigen bewohnten Enklaven, soll die Stockholmer Kommissarin Selma Fredriksson einen Mord aufklären. Der samische Polizist Aslak Järvi unterstützt sie dabei, ohne zu ahnen, dass Selma ganz andere Ziele verfolgt. In der kargen Tundra des Sarek kommen die Beiden einem Verbrecher auf die Spur, der mittels Nanotechnologie das Handeln von Menschen kontrollieren will. Sie wissen nicht, dass Selma längst mit den Nanobots infiziert ist, bis sie in der menschenleeren Weite ihre Waffe gegen Aslak richtet ...

"Diese Art Romane versuche ich auch immer
 zu schreiben."   – Andreas Eschbach –

Nominiert für den Kurd-Laßwitz-Preis 2024

PLANET NEUN
SCIENCE FICTION STORIES

Wie wird unsere Zukunft aussehen? Erobern wir fremde Planeten? Werden wir in den Ozeanen leben? Vielleicht beschert uns auch ein Raumflug eine ungewollte Zeitreise. Tauche ein in futuristische Geschichten, die dich ins All, auf den Mars und durch die Zeit entführen. Treffe auf fremde Wesen, psychotische Roboter und auf KIs, die ihre eigenen Pläne verfolgen.

Enthaltene Stories: Relikt aus phantastischen Zeiten, Cibus Unicus, Kryptobiose, Gefahr aus dem All, Der Absturz, Auerbachs Keller, Poesie des Todes Spieglein, Spieglein, Dein Wunsch ist mir Befehl Haustürverkauf, Gesprächstherapie, Fraktale, Absturz ins Paradies, Planet Neun

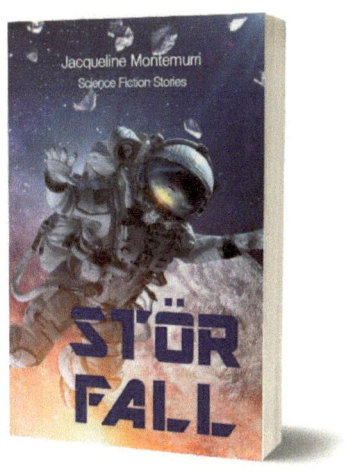

STÖRFALL
SCIENCE FICTION STORIES

Schon von alters her lockte der Weltraum den Menschen. In acht Geschichten folgen wir jenen, die diesem Ruf erliegen. Sei es ein unbekanntes Signal aus den Weiten des Universums, die Verlockung finanzieller Reichtümer durch den Abbau von Rohstoffen, oder die Erforschung fremder Welten. Sie machen sich auf in die Tiefe des Alls. Doch so manche Mission ist zum Scheitern verurteilt.

Enthaltene Stories: Sonnenmondfinsternisstern, Das Trojaner-Projekt, Der Gott des Krieges, Die Faszination der Einsamkeit, Schrottsammler, humanoid experiment, Botschaften, Störfall

DER VERBOTENE PLANET

Seit die Erde vor zweihundert Jahren unbewohnbar geworden ist, hat sich die Menschheit auf dem Mars angesiedelt. Das Betreten der Erde ist strengstens untersagt, wodurch sich der Planet zu einem grünen Paradies regenerieren konnte. Bei einem Observationsflug entdeckt Captain Liv Heller jedoch eine Siedlung auf der Erde – Überlebende eines vor dreißig Jahren havarierten Raumschiffs. Das Gesetz ist eindeutig: Die Bewohner müssen von der Erde evakuiert werden – doch diese weigern sich...

Nominiert für den Kurd-Laßwitz-Preis 2023

DER KOLOSS AUS
DEM ORBIT

Seit Jahren umkreist ein unbekannter Koloss die Erde, bis schließlich ein Team zusammengestellt wird, das die Technologie dieses vermeintlichen Raumschiffs bergen soll. Doch niemand reißt sich um diese Aufgabe, so findet sich eine Crew, die nicht wirklich etwas Besseres zu tun hat. Zu ihr gehören die drogensüchtige Journalistin Dysti und der ausgemusterte Cyborg Xell. Als der Trupp dem Geheimnis des Kolosses auf die Spur kommt, können sich Dysti und Xell nur durch ei-ne Flucht in die Zukunft retten. In eine Zukunft, die ei-nem Paradies gleicht. Aber die Idylle trügt.

3. Platz Kurd-Laßwitz-Preis 2022
Bronzener Stephan

KARL MAYS
MAGISCHER ORIENT

Jacqueline Montemurri

Das Geheimnis des Lamassu

Epilog von Nina Blazon

Jacqueline Montemurri

Der Herrscher der Tiefe

Epilog von Bernhard Hennen

Alexander Röder u. a.

Sklavin und Königin

Epilog von Tanja Kinkel

Thomas Le Blanc (Hrsg.)

Auf phantastischen Pfaden

Eine Anthologie mit den Figuren Karl Mays